ΑΚΧΕΣ ΤΩΝ ΘΑΥΜΑΤΩΝ

Εκεί που κάθε κύμα ζωντανεύει τα όνειρα

Translated to Greek from the English version of Shores of Wonder

Maheshwara Shastri

Ukiyoto Publishing

All global publishing rights are held by

Ukiyoto Publishing

Published in 2024

Content Copyright © Maheshwara Shastri

ISBN 9789360164454

All rights reserved.

No part of this publication may be reproduced, transmitted, or stored in a retrieval system, in any form by any means, electronic, mechanical, photocopying, recording or otherwise, without the prior permission of the publisher.

The moral rights of the author have been asserted.

This is a work of fiction. Names, characters, businesses, places, events, locales, and incidents are either the products of the author's imagination or used in a fictitious manner. Any resemblance to actual persons, living or dead, or actual events is purely coincidental.

This book is sold subject to the condition that it shall not by way of trade or otherwise, be lent, resold, hired out or otherwise circulated, without the publisher's prior consent, in any form of binding or cover other than that in which it is published.

www.ukiyoto.com

Στην αγαπημένη μου οικογένεια

Χωρίς την υποστήριξη, την ενθάρρυνση και την πίστη σας σε μένα, αυτό το βιβλίο δεν θα ήταν δυνατό. Ήσασταν η έμπνευσή μου και το κίνητρό μου σε όλο αυτό το ταξίδι και σας είμαι για πάντα ευγνώμων για την ακλόνητη αγάπη και την πίστη σας σε μένα.
Στους γονείς μου, σας ευχαριστώ που μου ενστάλαξατε την αξία της σκληρής δουλειάς, της επιμονής και της αφοσίωσης. Η καθοδήγηση και η σοφία σας με έχουν διαμορφώσει στο πρόσωπο που είμαι σήμερα.
Στα αδέρφια μου και τη σύζυγό τους, την ανιψιά και τον ανιψιό τους, σας ευχαριστώ που είστε οι μεγαλύτεροι θαυμαστές μου και που πάντα με επευφημείτε. Ο ενθουσιασμός και ο ενθουσιασμός σας για τη δουλειά μου με κράτησαν κίνητρα και ώθηση.
Στη σύζυγό μου, σας ευχαριστώ για την υπομονή, την κατανόηση και την άνευ όρων αγάπη σας. Η υποστήριξή σας και η ενθάρρυνση μου έχουν δώσει τη δύναμη να κυνηγήσω τα όνειρά μου και να πετύχω τους στόχους μου. Αυτό το βιβλίο είναι αφιερωμένο σε όλους εσάς, με όλη μου την

καρδιά και την ευγνωμοσύνη μου. Ελπίζω να σας φέρει χαρά, έμπνευση και αίσθηση υπερηφάνειας για όσα καταφέραμε μαζί.
Με αγάπη και εκτίμηση,
Maheshwara Shastri
Μέσα σε αυτό το βιβλίο, μπορείτε να βρείτε

Το "Shores of Wonder" είναι μια μαγευτική παραλιακή ιστορία που προσκαλεί τους αναγνώστες να ξεκινήσουν ένα μαγευτικό ταξίδι όπου το συνηθισμένο μεταμορφώνεται σε εξαιρετικό.

Ακολουθήστε τον Bubba καθώς ξετυλίγει τα μυστήρια του παραθαλάσσιου κόσμου του και ανακαλύπτει τους αληθινούς θησαυρούς που κρύβονται μέσα στην καρδιά.

- Πρόλογος -

Με έναν περίεργο αλλά όχι περίεργο τρόπο, θα ήθελα να ενημερώσω εκείνον που κρατά αυτό το βιβλίο στα χέρια του, ότι πρέπει να είναι ζωντανός αυτή τη στιγμή, να παίρνει ανάσα, να αισθάνεται την αφή, να αισθάνεται κάτι στο μυαλό του και αυτή τη στιγμή, η καρδιά σας είχε αντλήσει λίγα χιλιοστόλιτρα αίματος σε όλο το νευρικό σύστημα.

Ξέρεις όλα αυτά τα πράγματα, αλλά δεν ήξερες τίποτα από αυτά. Δεν πήρες την απόφαση να είσαι εσύ, ούτε οι γονείς σου. Δεν ήξερες από πού ήρθες και δεν ξέρεις που θα καταλήξεις. Η πρώτη σου ανάσα ήταν άγνωστη σε σένα, όπως δεν θα γίνει γνωστή ούτε η τελευταία σου ανάσα. Νομίζεις ότι γνωρίζεις τα πάντα, αλλά πιστέψτε με, όχι. Νομίζεις ότι μπορείς να πάρεις αποφάσεις για οτιδήποτε στη ζωή, αλλά ποτέ δεν ξέρεις ότι η ζωή σου είναι ήδη προκαθορισμένη. Ο λόγος που βρίσκεστε εδώ δεν είναι απλώς τυχαίος, αντίθετα είναι επειδή υποτίθεται ότι είστε εδώ.

Είστε εδώ όπως σχεδιάστηκε, το σχέδιο χωρίς λάθος, το σχέδιο με την υψηλότερη ακρίβεια.

Έχετε αναρωτηθεί ποτέ ποιος έθεσε τη ζωή σας με ακρίβεια;

Τι θα γινόταν αν μπορούσατε να εξερευνήσετε την προκαθορισμένη ακρίβεια κατά τη διάρκεια της ζωής σας;

Κλείστε τα μάτια σας και φανταστείτε ότι είστε ΜΗΔΕΝ. το μέγεθός σας είναι ένα τρισεκατομμύριο φορές μικρότερο από το μικρότερο είδος σε αυτόν τον πλανήτη. Αφιερώστε μια στιγμή για να φανταστείτε και μετά ξεκινήστε την ανάγνωση.

Ελπίζουμε να απολαύσετε το ταξίδι του Shores of Wonder.

Η πράξη του ταξιδιού περιλαμβάνει την κατεύθυνσή σου σε έναν προορισμό σε μια συγκεκριμένη ώρα και με ένα προκαθορισμένο χρονοδιάγραμμα. Σχεδόν όλοι απολαμβάνουν τα ταξίδια, ακόμα και ο μικρότερος από αυτούς που θέλει να ταξιδέψει με άλλους. Ομοίως, όλοι ανυπομονούν να επισκεφτούν τα αγαπημένα τους μέρη. Μερικοί μπορεί να πουν ότι δεν μπορούν να ταξιδέψουν. μπορεί να αισθάνονται εξαντλημένοι και αγχωμένοι αν ταξιδεύουν πολύ.

Είναι γεγονός ότι κάθε άνθρωπος πρέπει να ταξιδέψει τουλάχιστον μία φορά στη ζωή του. Κάθε ζωντανό ον πρέπει να πάει ταξίδι. Τι κι αν το ταξίδι δεν έχει τέλος, συγκεκριμένο μέρος ή χρόνο; Ναι, δεν σας λέω για ταξίδι σε γάμο ή διακοπές. Σας λέω για το ταξίδι της ζωής που ξεκινά εννέα μήνες νωρίτερα, με λίστες αναμονής εκατοντάδων χιλιάδων, καθώς ένα νήπιο κλαίει, κοιτάζοντας την πρώτη αγάπη της μητέρας μας, και λέγεται το ταξίδι της ζωής.

Είμαστε σε ένα ταξίδι, το σπίτι μας είναι ένα όχημα, ο πατέρας μας είναι ο οδηγός και ο διευθυντής και η μητέρα μου κάθεται στη γωνία του αυτοκινήτου, μου λέει ιστορίες μέχρι να φτάσει ο σταθμός μου, απολαμβάνοντας κάθε πτυχή αυτής της διαδρομής και χρησιμεύει ως καλός οδηγός στην πορεία. Η αγάπη και η στοργή μιας μητέρας δεν θα ξεχαστούν ποτέ και το χρέος της δεν θα επιστραφεί ποτέ.

Λέγεται ότι μόλις φτάσουν οι δικοί μας σταθμοί πρέπει να κατεβούμε. Αφού κατεβούμε, το όχημα θα συνεχίσει να αφήνει άλλους, Ένας άνθρωπος είναι πάντα σε ένα όχημα της ζωής, η ιστορία είναι για το πώς προσγειώθηκε στο σταθμό του ενώ κανείς δεν μπορούσε να τον δει και για τι πάλευε στη συνέχεια.

Maheshwara Shastri
Συγγραφέας

Μέσα σε αυτό το βιβλίο, μπορείτε να βρείτε

ΑΧΑΡΤΟΓΡΑΦΗΜΕΝΑ ΝΕΡΑ	1
ΥΠΟΣΧΕΣΗ ΕΝΟΣ ΓΙΟΥ	17
ΤΟ ΜΥΣΤΙΚΟ ΤΟΥ ΠΕΤΡΙΝΟΥ ΨΑΡΙΟΥ	39
ΕΙΣΒΑΛΛΟΜΕΝΟΙ ΑΠΟ ΤΟΝ ΟΥΡΑΝΟ	54
ΣΤΟ ΜΠΛΕ ΑΓΝΩΣΤΟ	78
ΔΙΑΛΕΙΜΜΑ	100
ΕΧΘΡΟΣ ΜΕΣΑ:	102
Το έκτο κεφάλαιο - "ΦΩΤΑ ΣΤΑ ΒΑΘΙΑ"	116
Η ΤΕΛΕΥΤΑΙΑ ΣΤΑΣΗ ΤΟΥ BUBBA	138
ΞΕΒΑΣΗ ΑΠΟ ΤΗ ΣΤΑΧΤΗ	157
ΣΥΜΠΕΡΑΣΜΑ	173
ΣΧΕΤΙΚΑ ΜΕ ΤΟΝ ΣΥΓΓΡΑΦΕΑ	175

ΑΧΑΡΤΟΓΡΑΦΗΜΕΝΑ ΝΕΡΑ

Πριν από πολύ καιρό, οι μέρες ήταν απίστευτα ρεαλιστικές και η φαντασία ήταν συγκλονιστικά ζωηρή. η πραγματικότητα κρύφτηκε και η γοητεία κοσμούσε κάθε πρόσωπο. Σε έναν κόσμο που διψούσε για γνώση και βρίθει από καλόκαρδους ψυχές, αναδυόταν μια μοναδική άνθιση.

Ο Μπούμπα γεννήθηκε από τη Νερίσα και τον Μορβάν, ένα ζευγάρι που είχε κάνει το σπίτι τους στην ακτή της περιοχής Τουλουνάντου της Καρνατάκα.

Η Nerissa θεωρούσε τον εαυτό της ευλογημένη ως σύζυγο ενός ψαρά, αφιερώνοντας τη ζωή της εξ ολοκλήρου στον Morvane, τον σύζυγό της και τον αγαπημένο τους γιο, Bubba.

Για τον γενναίο ψαρά, Morvane, που περνούσε τις περισσότερες μέρες του πλοηγώντας στα πιο κρύα κύματα της Αραβικής Θάλασσας κάτω από έναν καυτό ουρανό, ολόκληρος ο ωκεανός ήταν το σύμπαν του. Ο Μορβάν εργαζόταν καθημερινά σε ένα περσικό αλιευτικό σκάφος στα ανοικτά των ακτών της Καρνατάκα.

Η καριέρα του προίκισε τη ζωή του με μεγαλύτερο νόημα. Ακόμη και ως απλός εργάτης σκαφών, ήταν ο ανεπίσημος καπετάνιος των πλοίων, ένας τεχνικός εμπειρογνώμονας σε θέματα που σχετίζονται με τα σκάφη και τις τεχνικές ψαρέματος. Ο ιδιοκτήτης του σκάφους σημείωσε διψήφια αύξηση της παραγωγής και των εσόδων λόγω των ιδεών και των προτάσεων του Morvane κατά τη διάρκεια του ψαρέματος.

Όταν ο Bubba έγινε επτά, ήταν μια χαρούμενη μέρα για αυτόν. Περίμενε με ανυπομονησία την επιστροφή του πατέρα του, γνωρίζοντας τι να περιμένει: δώρα, κέικ και σοκολάτα, όπως συνηθίζεται στα παιδιά.

Εκείνη την ιδιαίτερη μέρα, ο ενθουσιασμός του Μπούμπα ήταν έκδηλος. Το νεαρό αγόρι κληρονόμησε τη γοητεία του πατέρα του με τον ωκεανό και τα μυστήρια του. Συχνά συνερχόταν με τη μητέρα του, τη Νέρισα, καθώς εκείνη έφτιαχνε υπομονετικά τα δίχτυα ψαρέματος, προσδοκώντας την επιστροφή του συζύγου της.

Ο ήλιος άρχισε να κατεβαίνει ρίχνοντας μια ζεστή, χρυσαφένια λάμψη στο παραθαλάσσιο χωριό. Τα γέλια των παιδιών αντηχούσαν στα στενά δρομάκια καθώς έπαιζαν παιχνίδια, με τα ξυπόλυτα πόδια τους να χορεύουν στη μαλακή, αμμώδη ακτή. Ήταν μια απλή ζωή, αλλά γεμάτη αγάπη και κοινά όνειρα.

Καθώς πλησίαζε το βράδυ, οι χωρικοί συγκεντρώθηκαν κοντά στην ακτή, περιμένοντας την επιστροφή των ψαροκάϊκων. Ο Μπούμπα στάθηκε στην άκρη του νερού, τεντώνοντας τα μάτια του για να δει την πρώτη ματιά στο σκάφος του πατέρα του. Σήμερα, ο πατέρας του είχε υποσχεθεί να μοιραστεί μια εξαιρετική ιστορία από τη θάλασσα, μια υπόσχεση που είχε τροφοδοτήσει τον ενθουσιασμό του Bubba όλη την ημέρα.

Τελικά, στο βάθος, τα φώτα των ψαροκάϊκων άρχισαν να αστράφτουν σαν μακρινά αστέρια στον ορίζοντα. Η καρδιά του Μπούμπα χτυπούσε γρήγορα καθώς έβλεπε τις βάρκες να πλησιάζουν, ένα από αυτά ήταν του πατέρα του. Το σκάφος του Morvane ήταν στολισμένο με φωτεινές, πολύχρωμες σημαίες, σημάδι ότι είχαν απολαύσει μια επιτυχημένη αλιεία.

Καθώς η βάρκα έφτασε στην ακτή, οι κάτοικοι του χωριού έσπευσαν να βοηθήσουν να ξεφορτώσουν τα δίχτυα. Ο Μπούμπα, ωστόσο, με δυσκολία συγκρατούσε τον ενθουσιασμό του και έτρεξε προς τον πατέρα του. Ήταν τυλιγμένος σε μια ζεστή, αλμυρή αγκαλιά καθώς ο Μορβάν τον σήκωσε ψηλά στον αέρα.

«Έπιασες το μεγαλύτερο ψάρι στη θάλασσα, πάτερ;» ρώτησε ο Μπάμπα με μάτια γουρλωμένα, ανυπόμονα.

Ο Μορβάν γέλασε εγκάρδια, ανακατεύοντας τα μαλλιά του γιου του. «Μπορεί να μην είχαμε πιάσει το μεγαλύτερο ψάρι, αγόρι μου, αλλά έχουμε μια ιστορία που θα κάνει την καρδιά σου να χτυπάει δυνατά».

Με τους χωρικούς συγκεντρωμένους, ο Μορβάνε ξεκίνησε την ιστορία του. Περιέγραψε μια μέρα γεμάτη με ανελέητα κύματα και ύπουλους ανέμους, μια μέρα που τα δίχτυα τους είχαν παγιδεύσει μια αξιοσημείωτη ανακάλυψη. Αντί για ψάρια, είχαν ανεβάσει σε ένα κλουβί, σφραγισμένο με σημάδια που δεν μπορούσαν να αποκρυπτογραφήσουν.

Η περιέργεια κέντρισε, ο Μπούμπα άκουγε προσεχτικά καθώς ο πατέρας του συνέχιζε. Μέσα στο κιβώτιο, βρήκαν αρχαίους κυλίνδρους, περίπλοκους χάρτες και ένα μυστηριώδες, περίτεχνο κλειδί. Η ανακάλυψη είχε πυροδοτήσει τη φαντασία του πληρώματος και τώρα κρατούσαν στα χέρια τους τη δυνατότητα να αποκαλύψουν την τοποθεσία ενός κρυμμένου θησαυρού.

Οι χωρικοί θαύμασαν την ιστορία, με τα πρόσωπά τους να αντικατοπτρίζουν ένα μείγμα ενθουσιασμού και περιέργειας. Η δυνατότητα ανακάλυψης ενός χαμένου θησαυρού γέμισε τον αέρα με μια μολυσματική ενέργεια. Το σκάφος του Morvane μετατράπηκε γρήγορα στην καρδιά μιας νέας περιπέτειας.

Ο Μπάμπα δεν μπορούσε να πιστέψει την τύχη του. Η προοπτική να συνοδεύσει τον πατέρα του σε αυτή τη συναρπαστική αποστολή εκτόξευσε την καρδιά του στα ύψη. Τα όνειρά του για εξερεύνηση και κατάπληξη επρόκειτο να γίνουν πραγματικότητα καθώς ο ίδιος και ο πατέρας του προετοιμάζονταν για μια περιπέτεια που θα τους πήγαινε πολύ πέρα από τις γνωστές ακτές του Tulunadu.

Δεν ήξεραν ότι αυτή ήταν μόνο η αρχή ενός ταξιδιού που θα αποκάλυπτε όχι μόνο τα μυστικά του παρελθόντος αλλά και τις κρυμμένες δυνατότητες μέσα τους, οι πραγματικοί θησαυροί βρίσκονταν στους δεσμούς που θα σφυρηλατούσαν, στα μαθήματα που θα μάθαιναν και κληρονομιά που θα άφηναν πίσω σε αυτό το εξαιρετικό ταξίδι.

Η περιπέτειά τους έμελλε να αποκαλύψει το κρυμμένο πρόσωπο του κόσμου, όπου τα όνειρα και η πραγματικότητα συνδυάζονται, και όπου κάθε ανακάλυψη αποκάλυπτε όχι μόνο τα θαύματα του κόσμου αλλά και τα μυστήρια μέσα στην καρδιά τους. Η Νερίσα κούνησε απαλά τον Μπούμπα, με τα δάχτυλά της να βουρτσίζουν τα ανακατωμένα μαλλιά του.

«Μπάμπα, ήρθε η ώρα να ξυπνήσεις», ψιθύρισε, με τη φωνή της μια απαλή, χαλαρωτική μελωδία.

Ο Μπούμπα ανακατευόταν στον ύπνο του, τα όνειρά του σβήστηκαν αργά σαν ομίχλη στον πρωινό ήλιο. Μουρμούρισε, μισοχαμένος ακόμα στον φανταστικό του κόσμο, «Λίγες στιγμές ακόμα, μητέρα».

Αλλά η Νερίσα επέμενε, γνωρίζοντας ότι η επόμενη μέρα είχε τις δικές της πραγματικές περιπέτειες. Έσκυψε πιο κοντά και μίλησε με ένα άγγιγμα ζεστασιάς και επείγουσας ανάγκης, «Μπάμπα, ο ήλιος ανατέλλει και το χωριό περιμένει. Ήρθε η ώρα να χαιρετήσω την ημέρα».

Σιγά-σιγά, ο Bubba άνοιξε τα μάτια του, το ζωντανό ονειρικό τοπίο των κρυμμένων θησαυρών και των θαλάσσιων αποστολών δίνει τη θέση του στη ζεστή πραγματικότητα του δωματίου του. Ανοιγόκλεισε, προσαρμόζοντας το πρωινό φως που φιλτράρει από το παράθυρο.

Η Νέρισα χαμογέλασε, με την αγάπη της για τον γιο της να ακτινοβολεί από τα μάτια της. "Καλημέρα αγαπητέ μου." Η Μπούμπα ανταπέδωσε το χαμόγελο, ακόμα εγκλωβισμένη ανάμεσα στους κόσμους των ονείρων και της εγρήγορσης. «Καλημέρα, μαμά». Με ένα απαλό σπρώξιμο, η Nerissa ενθάρρυνε τον Bubba να σηκωθεί και να ξεκινήσει τη μέρα. Αν και τα όνειρα για μεγάλες περιπέτειες μπορεί να χάθηκαν με το πρωί, η υπόσχεση για νέα, καθημερινά θαύματα περίμενε έξω από το σπίτι τους, στην καρδιά του παραθαλάσσιου χωριού τους.

Καθώς ο Bubba σηκωνόταν για να συναντήσει την ημέρα, δεν μπορούσε να μην κουβαλήσει μαζί του ένα κομμάτι από τον κόσμο των ονείρων του. Το κρυμμένο πρόσωπο του κόσμου ακόμα έγνεψε, γεμάτο με τα μυστήρια του ωκεανού και τη μαγεία της φαντασίας. Και ποιος ήξερε ποιες περιπέτειες της πραγματικής ζωής βρισκόταν προ των πυλών, που περίμεναν να ανακαλυφθούν στην αγκαλιά του κόσμου της εγρήγορσης;

Τα μάτια του Μπούμπα έλαμψαν από ελπίδα καθώς κοίταζε τη μητέρα του, με την καρδιά του να γεμίζει με την προσμονή να γιορτάσει επιτέλους τα γενέθλιά του. «Μάνα, θα φέρει ο πατέρας μια τούρτα αυτή τη φορά, όπως είχε υποσχεθεί πέρυσι;» ρώτησε, με τη φωνή του χρωματισμένη από ενθουσιασμό.

Η Νέρισα κοίταξε τον γιο της με ένα μείγμα αγάπης και θλίψης. Ήξερε ότι η υπόσχεση από το προηγούμενο έτος είχε δοθεί σε μια στιγμή αισιοδοξίας, αλλά η οικονομική τους κατάσταση δεν είχε βελτιωθεί. Με τρυφερό, σιωπηλό ύφος, άρχισε να εξηγεί: «Μπάμπα, ξέρεις ότι ο πατέρας σου δουλεύει ακούραστα στο ψαροκάικο, αλλά η θάλασσα μπορεί να είναι απρόβλεπτη. Μερικές φορές, δεν πιάνουμε τόσα ψάρια όσα ελπίζουμε και είναι δύσκολο να εξοικονομήσουμε χρήματα για πράγματα όπως τούρτες».

Η ελπιδοφόρα έκφραση του Μπούμπα άρχισε να αμφιταλαντεύεται και έσμιξε το μέτωπό του. «Αλλά τα άλλα παιδιά έχουν τούρτες στα γενέθλιά τους, μητέρα. Τους έχω δει».

Η Νέρισα κράτησε το χέρι του γιου της, με την καρδιά της βαριά από το βάρος των προσδοκιών του. «Καταλαβαίνω, αγαπητέ μου, και μακάρι να μπορούσαμε να είχαμε μια τούρτα σαν κι αυτές. Αλλά θυμηθείτε, έχουμε κάτι πιο πολύτιμο από οποιαδήποτε τούρτα - έχουμε ο ένας τον άλλον και την αγάπη της οικογένειάς μας. Ο πατέρας σου μπορεί να μην μπορεί να φέρει τούρτα φέτος, αλλά φέρνει κάτι πολύ πιο πολύτιμο κάθε μέρα - τη σκληρή δουλειά του, την αφοσίωσή του και την αγάπη του για εμάς».

Η απογοήτευση του Μπούμπα παρέμεινε, αλλά έγνεψε αργά καταλαβαίνοντας τις θυσίες που έκανε ο πατέρας του για την οικογένειά τους. «Το ξέρω, μητέρα. Απλώς σκέφτηκα ότι φέτος μπορεί να είναι διαφορετικά».

Η Νερίσα αγκάλιασε σφιχτά τον γιο της, καθησυχάζοντάς τον: «Κάθε χρονιά είναι ξεχωριστή με τον δικό της τρόπο, Μπούμπα. Σήμερα, θα βρούμε έναν τρόπο να γιορτάσουμε τα γενέθλιά σας με την αγάπη και τη ζεστασιά που έχουμε. Ας κάνουμε αυτή τη μέρα αξέχαστη με το δικό μας μοναδικό στυλ».

Με αυτά τα λόγια, μητέρα και γιος μοιράστηκαν μια στιγμή σύνδεσης, επιβεβαιώνοντας τη δύναμη των οικογενειακών τους δεσμών. Αν και η τούρτα παρέμενε απρόσιτη, η αγάπη και η ανθεκτικότητά τους θα ήταν τα πιο γλυκά συστατικά για τον εορτασμό γενεθλίων του Μπούμπα.

Ο ήλιος βυθίστηκε πιο χαμηλά στον ουρανό, ρίχνοντας μια ζεστή, χρυσαφένια απόχρωση πάνω από το παραθαλάσσιο χωριό. Το γέλιο των παιδιών και η ενθουσιασμένη φλυαρία γέμισαν τον αέρα καθώς έπαιζαν παιχνίδια στην απαλή, αμμώδη ακτή, με τα μάτια τους να σαρώνουν συχνά τον ορίζοντα. Ήταν η ώρα της ημέρας που οι χωριανοί μαζεύονταν κοντά στην άκρη του νερού, περιμένοντας καρτερικά να γυρίσουν τα ψαροκάικα.

Η Νέρισα στεκόταν ανάμεσα στην ομάδα, με τα μάτια της να στρέφονται νευρικά από τη θάλασσα στον γιο της, τον Μπούμπα, που στεκόταν χωριστά από τα άλλα παιδιά, κοιτάζοντας με προσοχή τις βάρκες που πλησίαζαν. Η καρδιά της πονούσε από την ανησυχία, γνωρίζοντας ότι ο Μπούμπα περίμενε με ανυπομονησία τον πατέρα του, Μορβάν, και αναρωτιόταν αν θα έφερνε ένα δώρο φέτος.

Ο Μορβάν ήταν ένας απίστευτα εργατικός ψαράς και ποτέ δεν παρέλειψε να φροντίσει την οικογένειά τους, αλλά η αβεβαιότητα της θάλασσας μερικές φορές σήμαινε επιστροφές με άδεια χέρια. Η Νέρισα είχε ξαναδεί αυτή την κατάσταση και ήξερε ότι ο σύζυγός της θα αντιμετώπιζε απογοήτευση στα μάτια του γιου του αν επέστρεφε χωρίς να προσφέρει τίποτα.

Καθώς οι βάρκες πλησίαζαν, με τις πολύχρωμες σημαίες τους να κυματίζουν στο αλμυρό αεράκι, η καρδιά της Νέρισας έτρεχε με προσμονή και τρόμο. Ήξερε ότι ο Μορβάν ήταν άνθρωπος του λόγου του και είχε υποσχεθεί στον Μπάμμπα μια ιδιαίτερη έκπληξη για τα γενέθλιά του. Αλλά η θάλασσα ήταν απρόβλεπτη και η σύλληψη δεν ήταν ποτέ εγγυημένη.

Με μια βαθιά ανάσα, η Νέρισα έσφιξε το χέρι του γιου της και της ψιθύρισε: «Μπάμπα, ό,τι κι αν φέρει ο πατέρας σου, να θυμάσαι ότι σε αγαπάει περισσότερο από τους θησαυρούς του ωκεανού».

Ο Μπούμπα έγνεψε καταφατικά, τα μάτια του δεν έφευγαν ποτέ από τις βάρκες, ένα μείγμα ενθουσιασμού και ανησυχίας στο βλέμμα του. Η Nerissa ήλπιζε ότι η επιστροφή του Morvane δεν θα έφερνε μόνο ψάρια αλλά και τη χαρά και την αγάπη που θα έκαναν τα γενέθλια του Bubba πραγματικά ξεχωριστά.

Καθώς οι βάρκες έφτασαν τελικά στην ακτή και οι χωρικοί έσπευσαν να βοηθήσουν με το ψάρεμα, η Νέρισα και ο Μπούμπα κράτησαν την ανάσα τους, περιμένοντας το γνωστό θέαμα του Μορβάνε. Οι στιγμές που ακολούθησαν θα αποκάλυπταν όχι μόνο τα αλιεύματα της ημέρας αλλά και το βάθος της αγάπης και της κατανόησης μέσα στην οικογένειά τους.

Η καρδιά του Μορβάν ήταν ανάλαφρη καθώς πάτησε στην ακτή, κρατώντας ένα μεγάλο καλάθι γεμάτο με λαμπερά ψάρια, με το πρόσωπό του στολισμένο με ένα πλατύ, χαρούμενο χαμόγελο. Η μέρα ήταν πλούσια και ανυπομονούσε να μοιραστεί τη χαρά του με την οικογένειά του.

Με τα σχοινιά του σκάφους ασφαλισμένα και τα ψάρια με ασφάλεια, ο Morvane δεν έχασε στιγμή. Έτρεξε προς τη Νέρισα και τον Μπούμπα, που περίμεναν με κομμένη την ανάσα. Οι χωρικοί παρατήρησαν τη βιασύνη του και παρακολούθησαν με περιέργεια τον Μορβάν να πλησιάζει την οικογένειά του.

Τα μάτια της Νέρισας συνάντησαν τα μάτια του συζύγου της και είδε τη χαρά στο βλέμμα του. Το πρόσωπο του Μπούμπα φωτίστηκε από ανυπομονησία καθώς είδε τον πατέρα του να ορμάει προς το μέρος τους, έχοντας την υπόσχεση για μια ιδιαίτερη έκπληξη για τα γενέθλιά του.

Ο Μορβάν γονάτισε μπροστά στο γιο του, με το καλάθι με τα ψάρια δίπλα του, και ψιθύρισε: «Μπάμπα, περίμενες αρκετά για αυτή τη μέρα. Μπορεί να μην έχω τούρτα, αλλά έχω κάτι ακόμα καλύτερο».

Με αυτό, άπλωσε το χέρι στο καλάθι και έβγαλε ένα όμορφα φτιαγμένο, ξύλινο δέλεαρ ψαρέματος, που άστραφτε στο φως του ήλιου. Ήταν σκαλισμένο για να θυμίζει ψάρι, με περίπλοκες λεπτομέρειες και ζωγραφισμένο με ζωηρά χρώματα.

Τα μάτια του Μπούμπα άνοιξαν διάπλατα από έκπληξη καθώς πήρε το δώρο στα χέρια του, με μια αίσθηση θαυμασμού να τον κυριεύει. «Είναι τέλειο, πατέρα! Ευχαριστώ!"

Η Νερίσα παρακολουθούσε τον άντρα και τον γιο της, με την καρδιά της να ζεσταίνεται όχι μόνο από το στοχαστικό δώρο αλλά και από την αγάπη και την περηφάνια που έβλεπε στα μάτια του Μορβάν. Ήταν μια μέρα γιορτής, όχι μόνο για τα γενέθλια του Bubba αλλά και για τους σφιχτοδεμένους δεσμούς που κρατούσαν την οικογένειά τους ενωμένη. Οι κάτοικοι του χωριού, μάρτυρες αυτής της συγκινητικής στιγμής, δεν μπορούσαν να μην χαμογελάσουν. Κατάλαβαν ότι ενώ ο Morvane μπορεί να έφερε ψάρια από τη θάλασσα, οι πραγματικοί θησαυροί ήταν η αγάπη και η ενότητα που περιέβαλλε τον Bubba και την οικογένειά του αυτή την υπέροχη μέρα στην ακτή.

Καθώς η νύχτα κατέβαινε στο ταπεινό τους σπίτι, η Νέρισα και ο Μορβάν κάθισαν μαζί, οι φωνές τους έσβησαν στο αμυδρό φως των κεριών. Ο Μπάμπα, περίεργος αλλά διακριτικός, ξάπλωσε στο κρεβάτι του, ανίκανος να αντισταθεί στο να κρυφακούει τη συζήτηση των γονιών του.

Το πρόσωπο του Μορβάν είχε μια σκιά θλίψης καθώς μιλούσε: «Νέρισα, η σημερινή σύλληψη ήταν καλύτερη από τους περισσότερους, αλλά μόλις έφτανε για να πληρώσει το ενοίκιο για αυτό το μέρος. Η θάλασσα παρέχει, αλλά απαιτεί και».

Τα μάτια της Νέρισας έλαμπαν από κατανόηση και ανησυχία. «Πάντα τα καταφέρναμε, αγάπη μου. Έχουμε ο ένας τον άλλον και αυτό είναι που μετράει περισσότερο. Αλλά δεν μπορώ να μην ανησυχώ για τις προσδοκίες του Bubba μας. Μεγαλώνει και βλέπει τι έχουν τα άλλα παιδιά».

Ο Μορβάν αναστέναξε, με ένα βαρύ φορτίο να βαραίνει τους ώμους του. «Ήθελα να κάνω τα γενέθλιά του ξεχωριστά, να του δώσω κάτι περισσότερο από αυτό που συνήθως μπορούμε. Το δώρο που έκανα σήμερα... Δεν είχα πραγματικά αρκετά χρήματα για αυτό. Έπρεπε να το κάνω να φαίνεται ότι κέρδισα περισσότερα».

Ο Μπούμπα, ακούγοντας την εξομολόγηση του πατέρα του, ένιωσε ένα μείγμα συναισθημάτων. Εκτίμησε το όμορφο δέλεαρ του ψαρέματος, αλλά καταλάβαινε και τις θυσίες που έκαναν οι γονείς του για να κάνουν τη μέρα του ξεχωριστή. Ορκίστηκε σιωπηλά να εκτιμήσει ακόμη περισσότερο την αγάπη τους.

Η Νερίσα άπλωσε το χέρι του και κράτησε το χέρι του Μορβάν, με ένα τρυφερό χαμόγελο στο πρόσωπό της. «Δεν είναι η αξία του δώρου που έχει σημασία, αγαπητέ μου. Αυτό που μετράει είναι η αγάπη πίσω από αυτό. Ο Μπάμπα ξέρει ότι τον αγαπάς και αυτό είναι το μεγαλύτερο δώρο από όλα».

Στο κρεβάτι του, ο Μπούμπα έκλεισε τα μάτια του, ευγνώμων για την οικογένεια που είχε και την αγάπη που τους ένωσε. Εκείνο το βράδυ, έφυγε για ύπνο με μια καρδιά γεμάτη κατανόηση και μια βαθιά εκτίμηση για τις θυσίες που έκαναν οι γονείς του για αυτόν.

ΥΠΟΣΧΕΣΗ ΕΝΟΣ ΓΙΟΥ

Ο ήλιος μόλις είχε αρχίσει να αναδύεται όταν ο Μπούμπα ξύπνησε το επόμενο πρωί. Γλίστρησε ήσυχα από το κρεβάτι του, αποφασισμένος να κάνει τη διαφορά. Δεν ήθελε ο πατέρας του να αντέξει μόνος το βάρος των ελπίδων και των ονείρων της οικογένειάς τους.

Μπήκε στις μύτες των ποδιών στην κουζίνα, όπου η Νέρισα ετοίμαζε ήδη το πρωινό. Ο Μπούμπα πλησίασε τη μητέρα του και του ψιθύρισε: «Θέλω να βοηθήσω τον πατέρα, μητέρα. Θέλω να είμαι μέρος του αγώνα του».

Η Νέρισα χαμογέλασε, συγκινημένη από τη σοβαρότητα του γιου της. «Είσαι ήδη μια μεγάλη πηγή χαράς, Μπούμπα. Αλλά πώς θα θέλατε να βοηθήσετε;»

Τα μάτια του Μπάμπα έλαμψαν από αποφασιστικότητα. «Μπορώ να φτιάξω τα δίχτυα και να βοηθήσω σε άλλες δουλειές. Θέλω να ελαφρύνω το βάρος του Πατέρα, ώστε να μην χρειάζεται να προσποιείται ότι έχουμε περισσότερα από όσα έχουμε».

Η Νερίσα αγκάλιασε τον γιο της, η καρδιά της γέμισε περηφάνια. «Ο πατέρας σου θα εκτιμήσει τη βοήθειά σου, αγαπητέ μου. Θα συνεργαστούμε ως οικογένεια και μαζί θα αντιμετωπίσουμε όποιες προκλήσεις συναντήσουμε».

Η σκηνή είχε στηθεί για τη δέσμευση του Bubba για την ευημερία της οικογένειάς του. Με το ξημέρωμα μιας νέας μέρας, ξεκίνησε ένα ταξίδι κοινών αγώνων και θριάμβων, έτοιμος να σταθεί δίπλα στον πατέρα του στη ζωή τους στην ακτή, όπου κάθε ανατολή του ηλίου έφερνε νέα ελπίδα και νέες δυνατότητες.

Ο Μορβάν, έχοντας επίγνωση των οικονομικών πιέσεων που αντιμετώπιζε η οικογένειά του, αποφάσισε να αξιοποιήσει στο έπακρο τις δύο μέρες που δεν ήταν έξω στη θάλασσα. Κατέβηκε στο πλησιέστερο γκαράζ σκαφών, ένα μέρος που γνώριζε, και πρόσφερε τις υπηρεσίες του ως μηχανικός. Ο ιδιοκτήτης του γκαράζ καλωσόρισε τη βοήθειά του, γνωρίζοντας ότι οι δεξιότητες του Μορβάν ήταν ανεκτίμητες.

Καθώς ο Μορβάν εργαζόταν επιμελώς στη μηχανή ενός σκάφους, ένας άνδρας με μεγάλη περιουσία και επιρροή μπήκε στο γκαράζ. Ήταν άψογα ντυμένος και η συμπεριφορά του απέπνεε εξουσία. Ο ιδιοκτήτης του γκαράζ, που ήταν πάντα προσεκτικός με τη φήμη του, χαιρέτησε τον πλούσιο άνδρα με σεβασμό.

Ο πλούσιος, ωστόσο, είχε τη δική του φήμη – ως κάποιος που ασκούσε την εξουσία αδίστακτα. Έδειξε ένα σκάφος που είχε πρόσφατα σέρβις, ισχυριζόμενος ότι η επισκευή δεν πληρούσε τα υψηλά πρότυπα του. Απαίτησε πλήρη επιστροφή χρημάτων, απειλώντας να χρησιμοποιήσει την επιρροή του για να βλάψει την επιχείρηση του ιδιοκτήτη του γκαράζ.

Ο ιδιοκτήτης του γκαράζ, διχασμένος μεταξύ της διατήρησης της φήμης του και της αποφυγής της οργής του πλούσιου άνδρα, δίστασε. Ο Μορβάν, που είχε ακούσει τη θερμή ανταλλαγή, ένιωσε μια αίσθηση αδικίας. Ήξερε ότι ο ιδιοκτήτης του γκαράζ είχε παράσχει εξαιρετική εξυπηρέτηση και δεν ήταν δίκαιο να εξαναγκαστεί να δώσει επιστροφή χρημάτων.

Με αποφασιστικότητα, ο Μορβάν πλησίασε τον ιδιοκτήτη του γκαράζ και είπε: «Στη δουλειά που έχουμε κάνει εδώ. Είναι άριστης ποιότητας και οι απαιτήσεις αυτού του ανθρώπου είναι άδικες. Αφήστε με να μιλήσω εκ μέρους σας».

Ο ιδιοκτήτης του γκαράζ, ευγνώμων για την υποστήριξη του Μορβάν, έγνεψε καταφατικά, ο Μορβάν στη συνέχεια στράφηκε στον πλούσιο άνδρα και εξήγησε ήρεμα αλλά σταθερά ότι η δουλειά στο σκάφος ήταν πράγματι κορυφαία. Επισήμανε ότι τα θέματα που έθεσε ο άνδρας ήταν δευτερεύοντα και άσχετα με την εξυπηρέτηση του γκαράζ.

Ο πλούσιος άνδρας, που δεν είχε συνηθίσει να αμφισβητείται, αιφνιδιάστηκε από την αταλάντευτη στάση του Μορβάν. Μετά από μια τεταμένη στιγμή, συμφώνησε απρόθυμα να πληρώσει για την υπηρεσία, συνειδητοποιώντας ότι οι προσπάθειές του να χειραγωγήσει την κατάσταση είχαν αποτύχει.

Καθώς ο πλούσιος έφευγε από το γκαράζ, οι ενέργειες του Μορβάν κέρδισαν τον θαυμασμό και τον σεβασμό του ιδιοκτήτη του γκαράζ, των συναδέλφων του και των πελατών που είχαν δει την αντιπαράθεση. Είδαν στον Μορβάνε έναν άνθρωπο με ακεραιότητα και θάρρος, κάποιον που υπερασπιζόταν το σωστό ακόμα και μπροστά στις αντιξοότητες.

Για τον Morvane, ήταν μια στιγμή επιβεβαίωσης. Οι ενέργειές του εκείνη την ημέρα δεν ήταν μόνο μια απόδειξη του χαρακτήρα του αλλά και μια υπόσχεση στον εαυτό του ότι θα έκανε ό,τι χρειαζόταν για να εξασφαλίσει την οικογένειά του με ειλικρίνεια και αξιοπρέπεια.

Μετά τη στάση του Morvane εναντίον του πλούσιου άνδρα, ο Bubba δεν μπορούσε παρά να εμπνέεται από τις αταλάντευτες αρχές του πατέρα του και την προθυμία του να αναλάβει δράση. Καθώς ο Μπούμπα έβλεπε τον πατέρα του να εργάζεται ως μηχανικός στο γκαράζ σκαφών, άρχισε να κατανοεί την πραγματική έννοια της ακεραιότητας και τη σημασία του να κάνει αυτό που ήταν σωστό.

Έχοντας κατά νου τα μαθήματα του πατέρα του, ο Μπούμπα αποφάσισε ότι ήθελε να συνεισφέρει και στην ευημερία της οικογένειας. Είδε μια ευκαιρία όταν παρατήρησε τη βάρκα ενός πλούσιου να αγκυροβολεί στο λιμάνι. Χωρίς δισταγμό, πλησίασε τον ιδιοκτήτη του σκάφους και ρώτησε για το ενδεχόμενο να εργαστεί ως μέλος του πληρώματος.

Ο πλούσιος, εντυπωσιασμένος από την αποφασιστικότητα και την ειλικρινή στάση του Μπούμπα, του πρόσφερε μια ευκαιρία. Ο Μπούμπα ήταν ενθουσιασμένος που είχε εξασφαλίσει μια δουλειά και υποσχέθηκε στον εαυτό του ότι θα δούλευε επιμελώς, όπως και ο πατέρας του, για να αξιοποιήσει στο έπακρο αυτή την ευκαιρία.

Ο Μπούμπα είχε μάθει ένα σημαντικό μάθημα εκείνη την ημέρα - η διαφορά μεταξύ «θέλω να κάνω» και «έκανα» συχνά συνοψίζεται σε μια μεμονωμένη ενέργεια που γίνεται χωρίς καθυστέρηση ή αναβολή. Με αυτή τη νέα κατανόηση και τις αξίες του πατέρα του ως οδηγό του, ήταν έτοιμος να αγκαλιάσει τις προκλήσεις και τις ανταμοιβές του δικού του ταξιδιού στην ακτή, όπου κάθε στιγμή έφερνε την υπόσχεση ανάπτυξης και την ευκαιρία να κάνει τη διαφορά.

Η αποφασιστικότητα του Μπούμπα να συνεισφέρει στην ευημερία της οικογένειάς του τον οδήγησε να αδράξει την ευκαιρία να εργαστεί στο σκάφος του πλούσιου. Ωστόσο, ήταν ακόμα νέος και άπειρος και είχε πολλά να μάθει για τη ζωή ενός ψαρά.

Την ημέρα που επρόκειτο να ξεκινήσει, ο Μπούμπα έφτασε στο λιμάνι πριν ξημερώσει, πρόθυμος να αποδείξει την αξία του. Το σκάφος ήταν μεγαλύτερο και πιο επιβλητικό απ' όσο περίμενε, με την ξύλινη κατασκευή του να υψωνόταν από πάνω του. Καθώς ανέβαινε στο κατάστρωμα, η πραγματικότητα της ανοιχτής θάλασσας φαινόταν τεράστια και τρομακτική.

Εν αγνοία του Μπούμπα, το σκάφος στο οποίο είχε επιβιβαστεί προοριζόταν για μια εκτεταμένη εξόρμηση για ψάρεμα, που ξεπερνούσε τις γνωστές ακτές του χωριού του. Το σκάφος του πλούσιου ήταν γνωστό για τα φιλόδοξα ταξίδια του, αναζητώντας μεγαλύτερα αλιεύματα σε αχαρτογράφητα νερά. Το πλήρωμα, κυρίως έμπειροι ψαράδες, έριξε στον Μπούμπα περίεργες ματιές. Μπορούσαν να δουν την αποφασιστικότητα στα μάτια του, αλλά αναγνώρισαν επίσης ότι ήταν άπειρος και αγνοούσε τις προκλήσεις που περίμενε. Η αθωότητα και ο ενθουσιασμός του Μπούμπα άγγιξαν τις καρδιές τους και αποφάσισαν να τον πάρουν υπό την προστασία τους.

Καθώς το σκάφος έπλεε πιο μακριά από την ακτή, η θάλασσα έγινε πιο αγριεμένη και η απεραντοσύνη του ωκεανού απλώθηκε προς όλες τις κατευθύνσεις. Ο Μπούμπα, αρχικά ενθουσιασμένος από την περιπέτεια, σύντομα συνειδητοποίησε το μέγεθος του ταξιδιού. Παρακολουθούσε τους έμπειρους ψαράδες να ρίχνουν τα δίχτυα τους, δουλεύοντας ακούραστα κάτω από τον ασυγχώρητο ήλιο.

Οι μέρες έγιναν εβδομάδες και η αποφασιστικότητα του Μπούμπα δοκιμάστηκε.

Οι σωματικές απαιτήσεις της δουλειάς, ο αδυσώπητος ήλιος και οι διαρκώς μεταβαλλόμενες διαθέσεις της θάλασσας έκαναν τον φόρο τους. Του έλειπε η οικογένειά του και η ασφάλεια του οικείου χωριού που είχε μεγαλώσει.

Καθώς όμως το ταξίδι συνεχιζόταν, ο σεβασμός του Μπούμπα για τη θάλασσα και τους ψαράδες βάθυνε. Έμαθε τη σημασία της ομαδικής εργασίας, την τέχνη της ρίψης και της έλξης στα δίχτυα και τους ρυθμούς του ωκεανού. Συνειδητοποίησε επίσης τα ανεκτίμητα μαθήματα που του είχε δώσει ο πατέρας του για την ακεραιότητα.

Η περιπέτεια του Μπούμπα τον είχε απομακρύνει από το χωριό, αλλά τον είχε φέρει επίσης πιο κοντά στην κατανόηση των αγώνων του πατέρα του και της σημασίας της ενότητας της οικογένειας. Κάθε μέρα στη θάλασσα γινόταν όλο και πιο δυνατός και σοφότερος και ορκιζόταν σιωπηλά να επιστρέψει στην οικογένειά του με μια νέα εκτίμηση για τη ζωή που έζησαν και τις θυσίες που έκανε ο πατέρας του.

Ο Μπούμπα δεν είχε συνειδητοποιήσει ότι αυτό το απρόβλεπτο ταξίδι όχι μόνο θα αποκάλυπτε τους θησαυρούς της θάλασσας αλλά επίσης θα αποκάλυπτε μια βαθύτερη κατανόηση του Μπούμπα και των διαρκών δεσμών που τον συνέδεαν με την οικογένειά του.

Η αρχική πεποίθηση του Μπούμπα ότι το σκάφος θα επέστρεφε σύντομα στο χωριό του, του επέτρεψε να αγκαλιάσει τις νέες εμπειρίες στο πλοίο με ενθουσιασμό. Είχε δουλέψει δίπλα σε έμπειρους ψαράδες, πρόθυμος να αποδείξει την αξία του και είχε δημιουργήσει βαθιές φιλίες με το πλήρωμα. Η θάλασσα είχε γίνει το σχολείο του και το καράβι το δεύτερο σπίτι του.

Ωστόσο, καθώς οι μέρες μετατράπηκαν σε εβδομάδες και η ακτογραμμή δεν παρέμενε παρά μια μακρινή ανάμνηση, η ανησυχητική πραγματικότητα άρχισε να ξημερώνει στο Bubba. Αυτή δεν ήταν μια σύντομη περιπέτεια. ήταν ένα εκτεταμένο ταξίδι που θα τον κρατούσε μακριά από την οικογένειά του και το αγαπημένο του χωριό.

Ένα βράδυ, καθώς ο ήλιος έπεφτε κάτω από τον ορίζοντα, ο Μπάμπα βρέθηκε να στέκεται μόνος στο κατάστρωμα. Κοίταξε τον απέραντο ωκεανό, με τα βάθη του τυλιγμένα στο αχνό λυκόφως. Η παρηγορητική ρουτίνα της προηγούμενης ζωής του είχε αντικατασταθεί από μια συντριπτική αίσθηση απομόνωσης.

Το σοκ και το άγχος τον κυρίευσαν καθώς συνειδητοποίησε την πλήρη έκταση της δυσάρεσής του κατάστασης. Παρασυρόταν σε μια απέραντη θάλασσα, μακριά από τα γνωστά αξιοθέατα και τους ήχους του σπιτιού. Του έλειπε τρομερά η οικογένειά του και λαχταρούσε για την ασφάλεια του χωριού που είχε μεγαλώσει.

Οι νέοι φίλοι του στο πλήρωμα παρατήρησαν την απόσυρσή του και την ανησυχία του. Τον πλησίασαν, με τα πρόσωπά τους να αντανακλούν ενσυναίσθηση και κατανόηση. Εξήγησαν ότι το ταξίδι ήταν πράγματι μακρύ και προκλητικό, μια επιδίωξη μεγαλύτερων αλιευμάτων σε αχαρτογράφητα νερά. Ενώ συμπάσχουν με την επιθυμία του να επιστρέψει στο σπίτι, τον ενθάρρυναν να αγκαλιάσει το ταξίδι και τις πολύτιμες εμπειρίες του.

Διχασμένος ανάμεσα στην αφοσίωσή του στην οικογένειά του και τη δέσμευσή του στο ρόλο του στο σκάφος, ο Μπάμπα αντιμετώπισε την πολυπλοκότητα της κατάστασής του. Η σοφία των μαθημάτων του πατέρα του αντηχούσε στο μυαλό του, καθοδηγώντας τον να αντιμετωπίσει τις προκλήσεις με θάρρος και ακεραιότητα.

Καθώς το σκάφος συνέχιζε το ταξίδι του σε άγνωστο έδαφος, το ταξίδι αυτο-ανακάλυψης του Μπούμπα είχε μόλις ξεκινήσει. Το αγόρι που κάποτε ήταν ικανοποιημένο από την ακτή του χωριού, τώρα έπλεε στα αχαρτογράφητα νερά της θάλασσας, μια απροσδόκητη οδύσσεια που θα τον μεταμορφώσει και θα εμβαθύνει την εκτίμησή του για τους διαρκείς δεσμούς που τον συνέδεαν με την οικογένειά του.

Κάθε βράδυ, καθώς ο Μπούμπα καθόταν στην αυτοσχέδια κουκέτα του στο ψαροκάικο, οι σκέψεις και τα όνειρά του τον πήγαιναν πολύ πιο πέρα από το ξύλινο κατάστρωμα που τρίζει και τη ρυθμική άμπωτη και ροή των κυμάτων του ωκεανού. Ενώ το σκάφος λικνιζόταν απαλά, η φαντασία του ξεκίνησε τις δικές της περιπέτειες. Στο βασίλειο των ονείρων, ο Μπούμπα έγινε ένας ατρόμητος εξερευνητής, με το μυαλό του αδέσμευτο από τα όρια του σκάφους. Θα τολμούσε βαθιά στην καρδιά του ωκεανού, ανακαλύπτοντας κρυμμένους θησαυρούς, ναυάγια πλοίων που είχαν χαθεί από καιρό και μαγευτικούς υποθαλάσσιους κόσμους. Οι θησαυροί που έλαμπαν στα βάθη δεν ήταν απλώς πολύτιμα πετράδια και χρυσά αντικείμενα, αλλά και ιστορίες και μυστικά της θάλασσας.

Ένα βράδυ, ονειρεύτηκε ένα μυστικιστικό υποβρύχιο σπήλαιο στολισμένο με λαμπερά κοράλλια, με τους τοίχους του στολισμένους με ιστορίες αρχαίων ταξιδιών. Η ζωντανή θαλάσσια ζωή θα χόρευε γύρω του, αποκαλύπτοντας τα μυστικά των βαθιών, ψιθυριστών παραμυθιών για γοργόνες και θρυλικά θαλάσσια τέρατα.

Σε ένα άλλο όνειρο, ο Bubba βρέθηκε σε ένα τροπικό νησί, με την απαλή άμμο κάτω από τα πόδια του και το άρωμα των εξωτικών φρούτων στον αέρα. Εξερευνούσε καταπράσινες ζούγκλες, ανακαλύπτοντας κρυμμένα σεντούκια θησαυρού που κρατούσαν χάρτες που οδηγούσαν σε ακόμα πιο μακρινούς ορίζοντες.

Με κάθε όνειρο, η καρδιά του Μπούμπα φούσκωσε από τη συγκίνηση της περιπέτειας. Ξυπνούσε κάθε πρωί, αποπροσανατολισμένος για λίγο από την πραγματικότητα των στενών κατοικιών του σκάφους, και μετά θυμόταν το θαύματα της προηγούμενης νύχτας.

Τα μέλη του πληρώματος του, παρατηρώντας τις νυχτερινές του αποδράσεις, είδαν στα όνειρα του Μπούμπα την ίδια σπίθα που τους είχε εμπνεύσει όταν επιβιβάστηκε για πρώτη φορά στο σκάφος. Αναγνώρισαν ότι κουβαλούσε ένα μοναδικό δώρο — μια αχαλίνωτη φαντασία που μπορούσε να μετατρέψει τη μονοτονία της θάλασσας σε έναν κόσμο ατελείωτων θαυμάτων.

Καθώς οι μέρες έγιναν εβδομάδες και το σκάφος ταξίδευε περαιτέρω σε αχαρτογράφητα νερά, τα όνειρα του Bubba χρησίμευσαν ως πηγή έμπνευσης και παρηγοριάς. Του υπενθύμισαν ότι η περιπέτεια μπορούσε να βρεθεί όχι μόνο σε μακρινούς ορίζοντες αλλά και μέσα στα απεριόριστα όρια του δικού του μυαλού. Τα όνειρά του ήταν η απόδρασή του, το καταφύγιό του και η υπόσχεσή του ότι, όσο μακριά κι αν περιπλανιόταν, η φαντασία του θα ήταν πάντα η πυξίδα που θα τον οδηγούσε πίσω στους θησαυρούς της καρδιάς.

Η νύχτα ήταν σκοτεινή και η καταιγίδα είχε σαρώσει τη θάλασσα με μια απροσδόκητη αγριότητα. Το αλιευτικό σκάφος, κάποτε ένα γερό σκάφος που διέσχιζε τα κύματα, είχε γίνει ένα εύθραυστο παιχνίδι της τρικυμίας. Ο άνεμος ούρλιαξε, η βροχή μαστίγιαζε σαν μαστίγια και η θάλασσα έτρεμε με μια ανεξέλεγκτη μανία.

Μέσα στο χάος, το ψαροκάικο πετάχτηκε σαν φύλλο στο νερό. Ο Μπάμπα, που ακόμα ονειρευόταν στην κουκέτα του με υποβρύχιες περιπέτειες και θησαυρούς, ξύπνησε από την καταστροφή. Πανικός έπιασε την καρδιά του καθώς συνειδητοποίησε τις τρομερές συνθήκες.

Στο αμυδρό φως της καταιγίδας, μπορούσε να δει τον τρόμο στα πρόσωπα των μελών του πληρώματος καθώς αγωνίζονταν απεγνωσμένα για να ανακτήσουν τον έλεγχο του σκάφους. Αλλά ήταν μια μάχη που δεν μπορούσαν να κερδίσουν ενάντια στην οργή των στοιχείων.

Με μια εκκωφαντική συντριβή, το σκάφος χτύπησε έναν κρυμμένο ύφαλο που περιβάλλει ένα από τα μικρά νησιά. Η πρόσκρουση ήταν καταστροφική, σκίζοντας το σκάφος. Μέσα σε λίγα λεπτά καταβροχθίστηκε από τη θάλασσα που κυλούσε, μαζί με το πλήρωμά του. Η καταιγίδα ήταν ανελέητη και η θάλασσα δεν πρόσφερε καμία ένδειξη για την ύπαρξή τους, εκτός από τα κύματα που κυλούσαν.

Μέσα στο χάος και το σκοτάδι, ο Μπούμπα κόλλησε σε ένα κομμάτι συντρίμμια, μια μικρή ξύλινη βάρκα που είχε απελευθερωθεί από τα συντρίμμια. Αναίσθητος και χτυπημένος, παρασύρθηκε στην ταραγμένη θάλασσα, ένας μοναχικός επιζών στον απόηχο της μανίας της φύσης.

Πέρασαν ώρες πριν ο Μπούμπα ανακτήσει επιτέλους τις αισθήσεις του, το σώμα του μελανιασμένο και χτυπημένο, το μυαλό του αποπροσανατολισμένο. Καθώς ξύπνησε από την απόκοσμη ηρεμία μετά την καταιγίδα, συνειδητοποίησε ότι βρισκόταν σε μια άγνωστη έκταση θάλασσας, περικυκλωμένος από τίποτα άλλο εκτός από την απεραντοσύνη του νερού.

Η καρδιά του βαριά από τη θλίψη για το πλήρωμα που είχε γίνει φίλος του, προσκολλήθηκε στα απομεινάρια του σκάφους, αναρωτιόταν πώς είχε γίνει ο μοναδικός επιζών αυτής της ναυτικής τραγωδίας. Ένιωσε το βάρος της μοναξιάς, μια μοναχική κηλίδα σε μια απέραντη θάλασσα.

Με το χωριό του μακριά του, το ταξίδι του Μπούμπα είχε πάρει μια καταστροφική τροπή, ωθώντας τον σε ένα νέο κεφάλαιο της ζωής του γεμάτο αβεβαιότητα και ένα αχαρτογράφητο μονοπάτι. Καθώς το πρώτο φως της αυγής έσκασε στον ορίζοντα, ήξερε ότι οι επόμενες μέρες θα ήταν μια δοκιμασία της ανθεκτικότητάς του και μια απόδειξη των διαρκών δεσμών που τον συνέδεαν με την οικογένειά του, ακόμη και μπροστά σε ασύλληπτες προκλήσεις.

Ο Bubba, γνωστός πλέον ως Hubris, βρισκόταν στο σταυροδρόμι μιας κομβικής απόφασης. Είχε μάθει για τη μεγαλύτερη αποστολή των Black Dots, μια αποστολή που ξεπέρασε τα όρια του προηγούμενου κόσμου του. Η συνειδητοποίηση ότι η μοίρα της ανθρωπότητας κρέμονταν στην ζυγαριά βάραινε πολύ στους ώμους του.

Καθώς ο Hubris κοίταζε τους πρώην συναδέλφους του που είχαν έρθει για να τον δελεάσουν να επιστρέψει στο πλοίο, κατάλαβε τη βαρύτητα της επιλογής του. Ήξερε ότι η επιστροφή στο πλοίο θα σήμαινε ότι θα ζούσε κάτω από την καταπιεστική κυριαρχία του Scorch, μια ζωή χωρίς πραγματική ελευθερία και τη συνεχή χειραγώγηση των σκέψεων και των πράξεών τους.

Αντίθετα, το μονοπάτι που πρόσφεραν οι Eoan, Ken και Broad αντιπροσώπευε μια αχτίδα ελπίδας. Ήταν μια ευκαιρία να ανακτήσουν την ανεξαρτησία τους και να πάρουν πίσω τη ζωή τους από τα νύχια της τυραννίας. Ο Hubris πίστευε στον σκοπό τους και ήξερε ότι η υποστήριξη της αποστολής του

Eoan ήταν ο μόνος τρόπος για να απελευθερωθεί από τις αλυσίδες που τους έδενε όλους.

Με την αποφασιστικότητα να καίει στα μάτια του, ο Hubris απέρριψε σθεναρά την προσφορά των συναδέλφων του. Μπορούσε να δει μέσα από την ψευδαίσθηση των ψεύτικων υποσχέσεων και την πρόσοψη της ασφάλειας που παρουσίαζαν. Αντίθετα, επέλεξε τον δρόμο της αλήθειας, της ανθεκτικότητας και της επιδίωξης ενός καλύτερου κόσμου.

Καθώς ο Hubris έκανε το πρώτο βήμα σε αυτό το νέο ταξίδι, κατάλαβε επίσης ότι δεν ήταν μόνος. Η επιλογή του να σταθεί στο πλευρό του Eoan και των Black Dots θα τον συνέδεε με μια ομάδα ατόμων που μοιράζονταν την επιθυμία του για ελευθερία, ισότητα και ένα καλύτερο μέλλον. Μαζί, θα προσπαθούσαν να επιφέρουν μια αλλαγή που θα επηρέαζε όχι μόνο τις ζωές τους αλλά και το πεπρωμένο της ίδιας της ανθρωπότητας.

Και έτσι, με ακλόνητη αποφασιστικότητα, ο Hubris αγκάλιασε την αποστολή που βρισκόταν μπροστά του. Ήταν έτοιμος να αντιμετωπίσει τις προκλήσεις, να αποκαλύψει τα μυστήρια και να σταθεί ενάντια στις καταπιεστικές δυνάμεις που προσπαθούσαν να ελέγξουν τον κόσμο τους. Αυτή τη στιγμή, έγινε κάτι περισσότερο από Hubris. έγινε ένα ζωτικό μέρος του ταξιδιού που θα καθόριζε τη μοίρα των Μαύρων Τελειών και το μέλλον όλων των ζωντανών όντων.

Αποποίηση ευθυνών αναγνώστη: Κατανόηση του μετασχηματισμού του Bubba σε Hubris

Για να κατανοήσουν πλήρως τη μεταμόρφωση του Bubba σε Hubris και το βαθύ ταξίδι που ακολουθεί, οι αναγνώστες ενθαρρύνονται να εξερευνήσουν τις σελίδες του βιβλίου «Black Dots». Αυτή η προηγούμενη αφήγηση παρέχει την ουσιαστική ιστορία, το πλαίσιο και τις κεντρικές στιγμές που διαμορφώνουν τον χαρακτήρα του Hubris και τη συμμετοχή του στην αποστολή Black Dots.

Το «Black Dots» αποκαλύπτει τις συνθήκες που οδήγησαν τον Bubba να γίνει Hubris, τις προκλήσεις που αντιμετώπισε και τις επιλογές που έκανε, που τελικά τον συνέδεσαν με τον Eoan, τον Ken, τον Broad και τη μεγαλύτερη αποστολή να διεκδικήσει ξανά την ελευθερία και την ισότητα.

Βυθίζοντας τον εαυτό σας στον κόσμο των «Black Dots», θα αποκτήσετε μια βαθύτερη κατανόηση των κινήτρων του Hubris, της δέσμευσής του στην αιτία και της εξελισσόμενης αφήγησης που συνεχίζεται στα επόμενα κεφάλαια. Αυτή η δήλωση αποποίησης ευθυνών θεατή διασφαλίζει ότι ξεκινάτε το ταξίδι του Bubba με τα θεμέλια και τη διορατικότητα που είναι απαραίτητα για να εκτιμήσετε πλήρως το μονοπάτι που έχει επιλέξει και τις περιπέτειες που βρίσκονται μπροστά του.

Ο Broad έδωσε εντολή σε όλους να σταθούν μπροστά από τις υποδοχές στον τεράστιο υπολογιστή. Ήταν ένα πολύπλοκο μηχάνημα με πέντε υποδοχές, καθεμία εξοπλισμένη με το δικό της πληκτρολόγιο. Καθώς η ομάδα των πέντε πλησίαζε τον υπολογιστή, παρουσιάστηκε μια νέα πρόκληση – έπρεπε να εισάγουν έναν κωδικό πρόσβασης. Ο Broad συλλογίστηκε την κατάσταση, αναζητώντας απεγνωσμένα τον κατάλληλο συνδυασμό. Ένταση γέμισε το δωμάτιο, και ακόμη κι εκείνος φαινόταν αβέβαιος.

Με το ρολόι να χτυπά προς τα κάτω, η Ρίθη πρότεινε: «Μην ανησυχείς, Μπροντ. Ας προσευχηθούμε στον Θεό για καθοδήγηση». Το δωμάτιο έπεσε σε μια στιγμή ήρεμης περισυλλογής καθώς αναζητούσαν συλλογικά τη θεϊκή παρέμβαση.

Ο υπολογιστής αναγνώρισε κάθε μέλος ένα προς ένα και συγκέντρωσε τις μοναδικές του πληροφορίες. Ωστόσο, όταν και οι πέντε κουκκίδες κατέλαβαν τις αντίστοιχες υποδοχές τους, τους ώθησε για άλλη μια πρόκληση - την αναδιάταξη του κωδικού πρόσβασης στη σωστή σειρά. Αυτός ήταν ο κρίσιμος Κωδικός Δύο.

Μόλις ένα λεπτό απομένει, επικράτησε πανικός. Η ομάδα συλλογίστηκε μανιωδώς τη διάταξη, πασχίζοντας να αποκρυπτογραφήσει τη σωστή σειρά. Ο Broad και ο Ken ήταν στα άκρα, γνωρίζοντας ότι ο χρόνος κυλούσε έξω.

Σε μια αποκάλυψη της τελευταίας στιγμής, με μόλις 20 δευτερόλεπτα να απομένουν, ο Broad είδε τη λύση. Γρήγορα ανέθεσε καθένα από τα πέντε άτομα στις καθορισμένες θέσεις τους. Ο Eoan στάθηκε στην πρώτη θέση, ο Aplade στη δεύτερη, ο Rithi στην τρίτη, ο Tyro στην τέταρτη και τέλος, ο Hubris στην πέμπτη και τελευταία θέση. Ο υπολογιστής άρχισε να αντιδρά, τα φώτα αναβοσβήνουν και εκπέμπουν αέρια που τύλιξαν την περιοχή, θολώνοντας την όρασή τους.

Στη συνέχεια, με έναν εκκωφαντικό θόρυβο, ο υπολογιστής έσβησε και ένα λαμπερό πράσινο φως φώτισε το δωμάτιο. Η σύγχυση επικράτησε καθώς η ομάδα πάλευε να κατανοήσει την κατάσταση. Εκείνη τη στιγμή, ο Κεν μίλησε, με τη φωνή του να τρέμει από ενθουσιασμό: «Τα καταφέραμε! Συγχαρητήρια σε όλους. Η αποστολή μας εκπληρώθηκε!». Η σημασία του επιτεύγματός τους άρχισε να βυθίζεται και μια αίσθηση ολοκλήρωσης τους κυρίευσε.

Ωστόσο, ο Hubris συνειδητοποίησε ότι η πορεία του ήταν διαφορετική από αυτή των Μαύρων Κουκίδων. Έπρεπε να τους αφήσει για να ακολουθήσει το δικό του ταξίδι. Οι Μαύρες κουκκίδες, έχοντας πλέον επίγνωση της αλήθειας και με βαριά καρδιά, ένιωθαν υποχρεωμένοι να του στείλουν μια εγκάρδια αποστολή. Καθώς έφευγε, τον παρακολούθησαν να χάνεται στον ορίζοντα, εύχοντάς του καλή επιτυχία στον νέο σκοπό του. Τα επόμενα κεφάλαια της ιστορίας τους θα συνεχίζονταν χωρίς αυτόν, αλλά ο αντίκτυπος της παρουσίας του θα έμενε για πάντα στις καρδιές τους.

Ο Bubba, για άλλη μια φορά ένα επτάχρονο αγόρι, στάθηκε ανάμεσα στους φίλους του καθώς αποχαιρετούσαν τον Hubris, το αξιόλογο άτομο που είχε ενωθεί μαζί τους κατά τη διάρκεια της πιο κρίσιμης αποστολής τους.

Η σοφία της ηλικίας τον είχε μεταμορφώσει σε έναν εικοσιπεντάχρονο άνδρα, αλλά τώρα, λόγω του τσιμπήματος του εντόμου, είχε επανέλθει στην αρχική του μορφή. Ωστόσο, οι εμπειρίες που είχε αποκτήσει και οι σχέσεις που είχε σφυρηλατήσει, θα έμεναν μαζί του.

Οι Μαύρες κουκκίδες, ακόμα επεξεργάζονται τη σημασία του επιτεύγματός τους, έστρεψαν την προσοχή τους στο ταξίδι που επρόκειτο. Τα επόμενα κεφάλαια της ιστορίας του Bubba πρόκειται να ξεδιπλωθούν και είναι έτοιμος να αντιμετωπίσει όποιες προκλήσεις και περιπέτειες τον περίμεναν.

ΤΟ ΜΥΣΤΙΚΟ ΤΟΥ ΠΕΤΡΙΝΟΥ ΨΑΡΙΟΥ

Ο Μπούμπα μπήκε στον αρχαίο ναό που ήταν αφιερωμένος στον θεό της θάλασσας. Οι πέτρινοι τοίχοι του έφεραν τα σημάδια αμέτρητων ετών και το άρωμα του αλμυρού νερού κολλούσε στον αέρα, προκαλώντας μια αίσθηση ευλάβειας. Κοίταξε τον κεντρικό βωμό, που στάθηκε ως απόδειξη της πίστης των ψαράδων που τολμούσαν στη θάλασσα που δεν συγχωρούσε. Στην καρδιά του βρισκόταν ένα μεγαλοπρεπές είδωλο του θεού της θάλασσας, μια πανύψηλη φιγούρα λαξευμένη από τα καλύτερα κοράλλια.

Καθώς πλησίαζε ο Μπούμπα, τα μάτια του τραβήχτηκαν στη βάση του βωμού, όπου είχαν τοποθετηθεί προσφορές από ευσεβείς ψαράδες όλα αυτά τα χρόνια. Ανάμεσα στα κοχύλια, το θυμίαμα και τις μάρκες ήταν ένα μικρό, περίτεχνα σκαλισμένο πέτρινο ψάρι, ένα πολύτιμο δώρο από τον πατέρα του, τον Μορβάν, πριν από την απροσδόκητη αναχώρηση του Μπούμπα με τη βάρκα του πλούσιου.

ΑΚΧΕΣ ΤΩΝ ΘΑΥΜΑΤΩΝ

Ο Μπούμπα ένιωσε μια ορμή συναισθημάτων, με τα μάτια του να πλημμυρίζουν από δάκρυα καθώς μάζευε το πέτρινο ψάρι. Ήταν ένα σύμβολο της αγάπης του πατέρα του, μια υπενθύμιση ότι, παρά τις κακουχίες τους, υπήρχε πάντα μια σύνδεση μεταξύ τους, τόσο βαθιά όσο ο ίδιος ο ωκεανός. Έσφιξε σφιχτά την πέτρα, υποσχόμενος να επιστρέψει στην οικογένειά του και να γιορτάσει μαζί τα επόμενα γενέθλιά του, με το δώρο του σκαλισμένου ψαριού κρατημένο στα δύο χέρια.

Μέσα στην γαλήνια ατμόσφαιρα του ναού, εμφανίστηκε ένα παράξενο έντομο. Δεν έμοιαζε με κανέναν Μπούμπα που είχε δει ποτέ, με ιριδίζοντα φτερά και αστραφτερό, ημιδιαφανές σώμα. Το έντομο προσγειώθηκε απαλά στο βωμό, με τα πολύπλευρα μάτια του κολλημένα στον Μπούμπα με μια απόκοσμη ευφυΐα.

Ενθουσιασμένος από την παρουσία του εντόμου, ο Μπούμπα άπλωσε το δάχτυλό του, επιτρέποντας στο ευαίσθητο πλάσμα να κουρνιάσει πάνω του. Θαύμασε την ομορφιά του και αναρωτήθηκε αν είχε κάποια σημασία μέσα στο ναό. Καθώς το έντομο σέρνονταν στην παλάμη του, ένιωσε ένα λεπτό τσίμπημα, ακολουθούμενο από μια περίεργη αίσθηση που τον κυρίευσε.

Χωρίς να το ξέρει ο Bubba, αυτό το φαινομενικά συνηθισμένο έντομο είχε εξαιρετικές δυνάμεις και το δάγκωμά του είχε προκαλέσει μια εκπληκτική μεταμόρφωση, στέλνοντας κυματισμούς στον ιστό του χρόνου και του χώρου, οδηγώντας τον σε ένα πεπρωμένο συνυφασμένο με τα μυστήρια της θάλασσας, την κληρονομιά της οικογένειάς του. και το συνεχιζόμενο ταξίδι των Μαύρων Σημείων.

Ο Μορβάν είχε μόλις τελειώσει την εξαντλητική του μέρα στις αποβάθρες, επιστρέφοντας από ένα μακρύ και απαιτητικό ταξίδι στη θάλασσα. Τα κατεστραμμένα χέρια του και το ξεπερασμένο πρόσωπό του μαρτυρούσαν τις κακουχίες που υπέμεινε ως ψαράς, αλλά η καρδιά του ήταν τόσο ζεστή όσο ποτέ. Το συγκεκριμένο βράδυ, οι σκέψεις του επικεντρώθηκαν στην υπόσχεση που είχε δώσει στον γιο του, Bubba, μια υπόσχεση που ήταν αποφασισμένος να εκπληρώσει αυτή τη φορά.

Καθώς προχωρούσε προς το ταπεινό, κακομαθημένο εξοχικό σπίτι που αποκαλούσε σπίτι, ο Μορβάν ένιωσε μια αίσθηση προσμονής να αναβλύζει μέσα του. Ο Μπούμπα είχε ρωτήσει για τα επερχόμενα γενέθλιά του και ο Μορβάν σκόπευε να τα κάνει μια αξέχαστη μέρα. Μια τούρτα, όσο απλή κι αν είναι, και ίσως ένα μικρό δώρο, θα έφερνε τη χαρά της γιορτής στη ζωή του γιου του.

Μόλις έφτασε στο εξοχικό σπίτι, ο Μορβάν άνοιξε την ξύλινη πόρτα που έτριξε, αποκαλύπτοντας το άνετο εσωτερικό. Το φως των κεριών που τρεμοπαίζουν έριχναν μια ζεστή και ελκυστική λάμψη. Η Νερίσα, η σύζυγός του, ήταν απασχολημένη με την προετοιμασία του λιτού δείπνου τους, με τα μάτια της να αντικατοπτρίζουν την ανησυχία που είχε καταλαγιάσει στη ζωή τους λόγω των οικονομικών τους δυσκολιών.

Ο Μορβάν την πλησίασε, με το πρόσωπό του να σπάσει σε ένα κουρασμένο αλλά στοργικό χαμόγελο. «Nerissa», άρχισε, «Σκεφτόμουν τα γενέθλια του Bubba, ξέρεις; Είναι αύριο και του έχω υποσχεθεί».

Η Νέρισα γύρισε από τα καθήκοντά της, με τα μάτια της να συναντούν τα μάτια του συζύγου της. Κατάλαβε την υπόσχεση στην οποία αναφερόταν ο Μορβάν και την αδυναμία να την εκπληρώσουν υπό τις τρέχουσες συνθήκες.

«Μορβάν, ξέρεις πόσο θέλω να κάνω τα γενέθλια του Μπούμπα ξεχωριστά, αλλά δεν έχουμε αρκετά για να τα βγάλουμε πέρα. Η οικονομική μας κατάσταση...»

Ο Μορβάν έγνεψε καταφατικά, γνωρίζοντας πολύ καλά την αλήθεια των λόγων της. Η ζωή τους ήταν ένας συνεχής αγώνας, με μόλις αρκετά χρήματα για να καλύψουν τα απαραίτητα. Κάθε μέρα ήταν μια μάχη ενάντια στη θάλασσα που δεν συγχωρεί, και κάθε νύχτα χαρακτηριζόταν από αβεβαιότητα. «Το ξέρω, Νέρισα», απάντησε ο Μορβάν, με τη φωνή του να χρωματίζεται από παραίτηση. «Μακάρι να μπορούσα να δώσω στο αγόρι μας τα γενέθλια που του αξίζουν. Έχει δει άλλα παιδιά να γιορτάζουν τις ιδιαίτερες μέρες τους και τον έχω απογοητεύσει ξανά και ξανά».

Η Νέρισα άπλωσε το χέρι της και έπιασε τα χέρια του συζύγου της, με τα μάτια της γεμάτα ενσυναίσθηση και αγάπη. «Μορβάν, είσαι καλός πατέρας. Ο Μπάμπα το ξέρει. Θα καταλάβει ότι φέτος, όπως και άλλες, δεν μπορούμε να αντέξουμε μια μεγάλη γιορτή».

Το βλέμμα του Μορβάν στράφηκε προς το χοντροκομμένο τραπέζι και αναστέναξε. «Μακάρι να υπήρχε κάτι που μπορούσα να κάνω για να φέρω ένα χαμόγελο στο πρόσωπό του».

Ο Μορβάν δεν ήξερε ότι η επιθυμία του θα έφερνε σε κίνηση μια αλυσίδα γεγονότων που θα άλλαζαν για πάντα την πορεία της ζωής τους. Καθώς η νύχτα τύλιξε το μικρό εξοχικό σπίτι και τα κεριά συνέχιζαν να τρεμοπαίζουν, η ελπίδα ανακατεύτηκε με την αβεβαιότητα, ρίχνοντας μακριές σκιές στο ταξίδι τους μπροστά.

Αυτή η χρονιά ήταν διαφορετική γιατί, λίγο πριν ο Morvane ξεκινήσει ένα ταξίδι, επισκέφτηκε έναν αρχαίο ναό φωλιασμένο ανάμεσα στους απόκρημνους βράχους δίπλα στη θάλασσα. Αυτός ο ναός, που φημολογείται ότι ήταν αιώνων, είχε μια αύρα μυστηρίου που τον είχε ιντριγκάρει. Ήταν αφιερωμένο στον θεό της θάλασσας, που πιστεύεται ότι ήταν ο φύλακας των ψαράδων και των ναυτικών, και ήταν ένα μέρος όπου πολλοί έρχονταν για να αναζητήσουν ευλογίες και ασφάλεια στα θαλάσσια ταξίδια τους.

Μέσα στο ναό, ο Μορβάν είχε αισθανθεί μια ασυνήθιστη σύνδεση με τον θεό της θάλασσας. Παρατήρησε τα φθαρμένα πέτρινα αγάλματα και τον θυμιατό αέρα που κολλούσε στους αρχαίους τοίχους του ναού. Ανάμεσα στις φθαρμένες πέτρες, ανακάλυψε έναν μικρό, λιτό βράχο, φαινομενικά εμποτισμένο με μια ενέργεια που αιχμαλώτιζε τις αισθήσεις του. Δεν μπορούσε να το εξηγήσει, αλλά ένιωθε υποχρεωμένος να το πάρει μαζί του, νιώθοντας ότι είχε μια σημασία που δεν μπορούσε να καταλάβει καλά.

Κατά τη διάρκεια του ταξιδιού του, αυτή η μικρή πέτρα έγινε πηγή παρηγοριάς και έμπνευσης για τον Μορβάν. Είχε σκαλίσει την πέτρα σε ένα λεπτό σχήμα ψαριού τις ώρες της μοναξιάς του στη θάλασσα. Καθώς το διαμόρφωσε και το γυάλιζε σχολαστικά, εμπότισε το ψάρι με τις ελπίδες, τα όνειρα και την αγάπη του για τον γιο του, Μπούμπα. Ο Μορβάν οραματίστηκε το ψάρι ως σύμβολο προστασίας, ως φύλακα που θα προσέχει τον γιο του ερήμην του. Το πρωί των γενεθλίων του Μπούμπα, ο Μορβάν γύρισε σπίτι, κουβαλώντας ως δώρο το σκαλισμένο στο χέρι ψάρι. Καθώς το παρουσίαζε στον Μπούμπα, εξήγησε την προέλευσή του, μοιράζοντας την ιστορία του αρχαίου ναού και τη σύνδεση που είχε νιώσει με τον θεό της θάλασσας. Το δώρο ήταν κάτι περισσότερο από μια όμορφα φτιαγμένη πέτρα. Ήταν μια αναπαράσταση της αγάπης του Μορβάν, των ευχών για την ασφάλεια του γιου του και της επιθυμίας του να εμφυσήσει στον Μπούμπα έναν βαθύ σεβασμό για τη θάλασσα.

Ο Μπούμπα συγκινήθηκε από τη χειρονομία του πατέρα του και την ιστορία πίσω από το ψάρι. Δέχτηκε το δώρο με ευλάβεια και υποσχέθηκε να το έχει πάντα μαζί του, καταλαβαίνοντας ότι δεν ήταν απλώς ένα αντικείμενο, αλλά σύμβολο της ακλόνητης αγάπης του πατέρα του και της μυστηριώδους σχέσης που μοιράζονταν με τη θάλασσα.

Το πέτρινο ψάρι έγινε ένα αγαπημένο οικογενειακό κειμήλιο, που πέρασε από γενεές, κουβαλώντας μαζί του την αγάπη, τις ελπίδες και τα όνειρα των ψαράδων της γενεαλογίας του Morvane. Κάθε χρόνο στα γενέθλια του Bubba, μαζεύονταν γύρω από τα μικρά, σκαλισμένα στο χέρι ψάρια και μοιράζονταν ιστορίες για τη θάλασσα, τις περιπέτειες του πατέρα τους και τις δικές τους εμπειρίες στο νερό. Ήταν μια υπενθύμιση του άρρηκτου δεσμού που είχαν με τη θάλασσα και μεταξύ τους, μια απόδειξη της διαρκούς δύναμης της αγάπης ενός πατέρα για τον γιο του.

Ο Μπούμπα βρέθηκε να κάθεται μόνος στον αρχαίο ναό για άλλη μια φορά σε ηλικία εβδομήντα τεσσάρων, όπου ο αέρας της θάλασσας ήταν βαρύς με ιστορία και ψιθύριζε μυστικά. Αυτή τη φορά, δεν ήταν μόνος. ένας φιλικός σκύλος είχε ενωθεί μαζί του, η παρουσία του φαινόταν εξίσου μαγική με τον ίδιο τον ναό.

Καθώς κοίταζε το πέτρινο ψάρι που υπήρχε στην οικογένειά του για γενιές, ο Μπούμπα δεν μπορούσε παρά να αισθανθεί μια ασυνήθιστη σύνδεση με αυτό. Είχε δει αμέτρητα γενέθλια, είχε ακούσει ιστορίες για τη θάλασσα και είχε δει το πέρασμα του χρόνου. Υπήρχε κάτι στο ψάρι, κάτι πέρα από τη φυσική του μορφή, που τον τράβηξε πιο κοντά του.

Ο ναός φαινόταν να ζωντανεύει με έναν περίεργο τρόπο. Ο αέρας έγινε πυκνός από την προσμονή και το απαλό βουητό της θάλασσας στο βάθος φαινόταν να συγχρονίζεται με τους κραδασμούς του ναού. Η Μπούμπα, σαστισμένη αλλά περίεργη, άπλωσε το χέρι και άγγιξε το πέτρινο ψάρι. Εκείνη ακριβώς τη στιγμή, μια απόκοσμη αίσθηση τον κυμάτισε, σαν να είχε ξυπνήσει κάποια αρχαία δύναμη.

Ο σκύλος στο πλευρό του παρέμεινε ήρεμος, σαν να γνώριζε κι αυτός τα μυστήρια του ναού. Κάθισε στα πόδια του Μπούμπα, παρακολουθώντας τον με έξυπνα μάτια που κρατούσαν μια λάμψη κατανόησης. Η παρουσία του σκύλου ήταν παρήγορη και αινιγματική.

Καθώς ο Μπούμπα συνέχιζε να μελετά το πέτρινο ψάρι, παρατήρησε κάτι ασυνήθιστο — μια αχνή λάμψη μέσα από τους τοίχους του ναού. Στο ημίφως, διέκρινε την πηγή: ένα έντομο, που δεν μοιάζει με κανένα που είχε ξαναδεί. Ήταν ένα υπέροχο ιριδίζον πλάσμα, με φτερά που έμοιαζαν να αντανακλούν τα χρώματα της θάλασσας. Το έντομο αιωρούνταν γύρω από το ψάρι, φαινομενικά ελκυσμένο σε αυτό.

Ο αέρας έγινε ακόμη πιο βαρύς καθώς η αίσθηση της απορίας του Μπούμπα βάθυνε. Το πέτρινο ψάρι, το μυστηριώδες έντομο, ο σκύλος και ο αρχαίος ναός έμοιαζαν να συγκλίνουν σε έναν αρμονικό αλλά κρυπτικό χορό. Ο Μπούμπα ένιωθε σαν να βρισκόταν στο κατώφλι να αποκαλύψει ένα πανάρχαιο μυστικό, ένα μυστικό που τον περίμενε, που πέρασε από γενεές, εγκλωβισμένο στην αινιγματική αύρα του πέτρινου ψαριού. Καθώς το ιριδίζον έντομο συνέχιζε το περίπλοκο μπαλέτο του γύρω από το ψάρι, ο Bubba δεν μπορούσε να ταρακουνήσει την αίσθηση ότι είχε γίνει μέρος μιας ιστορίας που ξεπερνούσε τον χρόνο και τον χώρο. Ήταν μια ιστορία συνδέσεων, ενός αδιάσπαστου δεσμού ανάμεσα στην οικογένειά του και τη θάλασσα και την ανεξήγητη δύναμη που τους συνέδεε όλους σε αυτόν τον ιερό τόπο.

Ο ναός πάλλονταν από μια συγκρατημένη ενέργεια και η γραμμή μεταξύ πραγματικότητας και μυστικισμού άρχισε να θολώνει. Ο Μπούμπα ένιωσε ότι βρισκόταν στον γκρεμό μιας εξαιρετικής αποκάλυψης, που όχι μόνο θα τον συνέδεε με την οικογενειακή του κληρονομιά, αλλά και θα αποκάλυπτε την αρχαία σοφία που είχαν η θάλασσα και ο ναός.

Καθώς ο Μπούμπα τοποθέτησε απαλά το πέτρινο ψάρι στο αρχαίο πάτωμα του ναού, ένιωσε μια ξαφνική, ανεξήγητη σύνδεση. Ήταν σαν η ίδια η ουσία του ναού να ανταποκρινόταν στο άγγιγμά του, και σε μια στιγμή, ο κόσμος γύρω του μεταμορφώθηκε.

Μια λαμπρή λάμψη φωτός κατέκλυσε τον ναό, τυφλώνοντάς τον στιγμιαία. Όταν μπόρεσε να δει ξανά, συνειδητοποίησε ότι ο σκύλος δεν ήταν πια στο πλευρό του και το μυστηριώδες έντομο είχε εξαφανιστεί. Στη θέση τους, επικρατούσε μια βαθιά ησυχία και ο Μπούμπα βρέθηκε να κάθεται στο δροσερό πέτρινο πάτωμα. Αλλά αυτό που τον εξέπληξε περισσότερο ήταν η αλλαγή που ένιωσε μέσα του.

Ο Μπούμπα είχε επιστρέψει στον εφτάχρονο εαυτό του. Το κάποτε ενήλικο σώμα του είχε οπισθοχωρήσει στην αθωότητα της παιδικής ηλικίας. Η σύγχυση αναμειγνύεται με έκπληξη καθώς κοίταζε τα μικρά του χέρια, τα παιδικά του πόδια και τα ρούχα του, που τώρα κρέμονταν χαλαρά στο μικροσκοπικό του πλαίσιο. Έφθασε ψηλά για να αγγίξει το πρόσωπό του και διαπίστωσε ότι ήταν λείο και αφόρητο από τα σημάδια της εφηβείας.

Η ατμόσφαιρα του ναού φαινόταν να αντηχεί με μια αινιγματική δύναμη. Ο Μπούμπα δεν ήταν πλέον απλώς ένας επισκέπτης. ήταν πλέον μέρος ενός ζωντανού θρύλου. Το πέτρινο ψάρι, που κάποτε πίστευε ότι ήταν απλό οικογενειακό κειμήλιο, είχε αποκαλύψει τα μυστικά του με τον πιο εξαιρετικό τρόπο. Ήταν ένας αγωγός για μια μυστικιστική μετάβαση, ένας φύλακας της αιώνιας σοφίας και μια γέφυρα μεταξύ του παρελθόντος και του μέλλοντος.

Καθώς ο Μπούμπα συλλογιζόταν αυτή τη σουρεαλιστική μεταμόρφωση, μια φωνή αντηχούσε απαλά στο μυαλό του, σαν να ψιθύριζε από τους ίδιους τους τοίχους του ναού. Η φωνή φαινόταν να ξετυλίγει τα μυστήρια που κρύβονταν μέσα στο πέτρινο ψάρι. Μίλησε για έναν αρχαίο θεό της θάλασσας, τον προστάτη όσων τολμούσαν να βγουν στη θάλασσα και τον φύλακα της γνώσης των ωκεανών.

Το πέτρινο ψάρι, δημιούργημα του αρχαίου πολιτισμού που είχε χτίσει το ναό, είχε σφυρηλατηθεί από ένα άλλοθι ορυκτό που εκμεταλλευόταν την ενέργεια της θάλασσας. Είχε σκοπό να διατηρήσει τις γνώσεις και τις εμπειρίες όσων το άγγιξαν, δίνοντάς τους τη δυνατότητα να ξεπεράσουν τον ίδιο τον χρόνο.

Ο Μπούμπα, στη νεανική του μορφή, είχε γίνει το επιλεγμένο σκάφος. Το πέτρινο ψάρι είχε αναγνωρίσει την ανυποχώρητη σύνδεσή του με τη θάλασσα, τον διαρκή δεσμό της οικογένειάς του με τα νερά και τη λαχτάρα του να καταλάβει τα μυστήρια των βαθέων. Ο ναός, λειτουργώντας ως αγωγός για τη δύναμη του πέτρινου ψαριού, του είχε δώσει μια ματιά στο παρελθόν και το κλειδί για να ξεκλειδώσει το μέλλον.

Αλλά με αυτό το δώρο ήρθε η ευθύνη. Ο Μπούμπα κρατούσε τώρα την κληρονομιά αμέτρητων γενεών, τη συλλογική σοφία των ναυτικών και τα μυστικά του ωκεανού. Η αρχαία γνώση του θεού της θάλασσας, που ήταν αποθηκευμένη μέσα στα πέτρινα ψάρια, προοριζόταν να μοιραστεί με τον κόσμο για να προστατεύσει τις θάλασσες και τα πλάσματα που κατοικούσαν μέσα τους.

Καθώς ο Μπάμπα καθόταν εκεί, το βάρος αυτής της νέας κατανόησης έπεσε στους νεαρούς ώμους του. Συνειδητοποίησε ότι επιλέχθηκε για να μεταφέρει τη γνώση της θάλασσας, να γεφυρώσει το χάσμα μεταξύ του παρελθόντος και του μέλλοντος και να είναι φύλακας των ωκεανών. Αυτή η στιγμή στο ναό όχι μόνο είχε αποκαλύψει το πεπρωμένο του, αλλά είχε αποκαλύψει και τη βαθιά ριζωμένη σχέση μεταξύ της οικογένειάς του, του πέτρινου ψαριού και των ιερών νερών που σεβόντουσαν.

Με μια αίσθηση σκοπού και ευλάβειας, ο νεαρός Μπούμπα ήξερε ότι το ταξίδι του δεν είχε τελειώσει. Ήταν πλέον ο φύλακας της σοφίας του θεού της θάλασσας και το πέτρινο ψάρι ήταν ο οδηγός του για να ξεκλειδώσει τα μυστικά των βάθη του ωκεανού, να κατανοήσει τα μυστήρια του κόσμου και να προστατεύσει τη θαλάσσια κληρονομιά των προγόνων του. Το μονοπάτι που ακολούθησε ήταν γεμάτο με περιπέτεια, ανακάλυψη και την ευκαιρία να κάνουμε μια βαθιά διαφορά στον κόσμο, με οδηγό τη σοφία του πέτρινου ψαριού και το διαρκές πνεύμα της θάλασσας.

ΕΙΣΒΑΛΛΟΜΕΝΟΙ ΑΠΟ ΤΟΝ ΟΥΡΑΝΟ

Ο επτάχρονος Μπούμπα κάθισε σταυροπόδι στο δροσερό, φθαρμένο πέτρινο πάτωμα του αρχαίου ναού αφιερωμένου στον θεό της θάλασσας. Το αμυδρό φως διέσχιζε τα στενά παράθυρα, ρίχνοντας ένα σχέδιο σκιών στους τοίχους. Είχε έρθει σε αυτό το μέρος με έναν σκοπό, αλλά τώρα, καθώς κοίταζε το γαλήνιο, ξεπερασμένο άγαλμα του θεού της θάλασσας, κυριεύτηκε από αντικρουόμενες σκέψεις και συναισθήματα.

Ο Μπούμπα έλειπε τρομερά για τους γονείς του. Οι αναμνήσεις από τα ζεστά χαμόγελά τους, ο παρηγορητικός ήχος των φωνών τους και η ασφάλεια του σπιτιού τους βάραιναν πολύ στη νεανική του καρδιά. Ένιωσε μια βαθιά νοσταλγία που τον ροκάνιζε από μέσα.

Δάκρυα κύλησαν στα μάτια του καθώς θυμήθηκε την ημέρα που είχε φύγει από το χωριό του, υποσχόμενος στους γονείς του ότι θα έβρισκε τρόπο να τους σώσει από την επικίνδυνη κατάσταση που είχε κυριεύσει την κοινότητά τους. Ήταν αποφασισμένος να γίνει ο ήρωάς τους, αλλά τώρα, σε αυτόν τον αρχαίο ναό, άρχιζε να αμφιβάλλει για τον εαυτό του.

Το κεφάλι του Μπούμπα γέμισε με μια στροβιλιζόμενη δίνη σκέψεων, καθεμία πιο μπερδεμένη από την προηγούμενη. Τι θα μπορούσε να κάνει εκείνος, ένα μικρό παιδί, για να αλλάξει τη μοίρα τους; Το βάρος της ευθύνης του ήταν βαρύ και φαινόταν αδύνατο να το αντέξει.

Καθώς ο Μπούμπα κοίταζε επίμονα το άγαλμα του θεού της θάλασσας, ένα απαλό αεράκι σάρωσε τον ναό, κουβαλώντας μαζί του τη μυρωδιά του αλμυρού νερού και τις μακρινές εκκλήσεις των γλάρων. Λες και ο θεός της θάλασσας προσπαθούσε να επικοινωνήσει μαζί του, να του προσφέρει κάποια καθοδήγηση στη στιγμή της σύγχυσής του.

Ο Μπάμπα πήρε μια βαθιά ανάσα, προσπαθώντας να σταθεροποιήσει την καρδιά του που έτρεχε. Ήξερε ότι δεν μπορούσε να τα παρατήσει, είχε φτάσει ως εδώ και το όφειλε στους γονείς του και στο χωριό του να συνεχίσει. Με ανανεωμένη αποφασιστικότητα, σκούπισε τα δάκρυά του και ψιθύρισε μια εγκάρδια προσευχή στον θεό της θάλασσας, ζητώντας δύναμη, σοφία και κουράγιο για να αντιμετωπίσει τις προκλήσεις που τον περιμένουν.

Με την προσευχή του, ο Μπούμπα ένιωσε μια αίσθηση γαλήνης να τον κυριεύει και κατάλαβε ότι μπορεί να ήταν ένα μικρό παιδί σε έναν απέραντο κόσμο, αλλά η αποφασιστικότητά του και η υποστήριξη του θεού της θάλασσας θα τον καθοδηγούσαν στο ταξίδι του. Δεν είχε όλες τις απαντήσεις ακόμα, αλλά δεν ήταν πια ανίδεος. Είχε βρει μια σπίθα ελπίδας και σκοπιμότητας μέσα στα τείχη του αρχαίου ναού και ήταν έτοιμος να αντιμετωπίσει όποιες προκλήσεις τον περίμεναν στο δρόμο του να γίνει ήρωας.

Η περιέργεια του Μπούμπα ήταν πάντα ένα από τα καθοριστικά του γνωρίσματα και οι μυστηριώδεις δονήσεις που ένιωθε στους τοίχους του ναού του κέντριζαν περισσότερο το ενδιαφέρον. Αποφάσισε να εξερευνήσει το ναό πιο διεξοδικά, νιώθοντας μια αίσθηση σκοπού σε αυτό το αρχαίο μέρος. Καθώς τολμούσε βαθύτερα στον κεντρικό θάλαμο του ναού, τα μάτια του τραβήχτηκαν προς τα πάνω στην οροφή, όπου παρατήρησε μια μικρή σχισμή σε σχήμα δύο ψαριών πλεγμένα μεταξύ τους.

Στο ένα μισό της σχισμής, ένα πέτρινο ψάρι ήταν τέλεια τοποθετημένο, αλλά το άλλο μισό παρέμενε εμφανώς άδειο. Ο Μπούμπα, κρατώντας το πέτρινο ψάρι που είχε βρει νωρίτερα, δεν μπορούσε παρά να αναρωτηθεί αν αυτό ήταν το κλειδί για κάποιο κρυμμένο μυστικό ή γνώση που κρατούσε ο ναός. Τα κομμάτια του παζλ ενώνονταν σιγά σιγά στο νεαρό μυαλό του.

Η σχισμή σε σχήμα δύο ψαριών ήταν ένα μυστήριο, ένας γρίφος που περίμενε να λυθεί. Ήξερε ότι έπρεπε να βρει έναν τρόπο να χωρέσει το πέτρινο ψάρι του στο άδειο μισό της σχισμής, αλλά ως κοντό, επτάχρονο αγόρι, δεν ήταν αρκετά ψηλός για να το φτάσει. Ο Μπούμπα κοίταξε τριγύρω. αναζητώντας κάτι να τον βοηθήσει, και τα μάτια του έπεσαν πάνω σε έναν ξεπερασμένο, ξύλινο πάγκο χωμένο σε μια γωνία του θαλάμου.

Με αποφασιστικά βήματα, έσυρε τον πάγκο κάτω από την υποδοχή. Ήταν βαρύ και χρειάστηκε λίγη προσπάθεια, αλλά ο Μπούμπα δεν αποτρεπόταν εύκολα. Στάθηκε στον πάγκο, με τα μικρά του χέρια να τρέμουν από την προσμονή, και προσπάθησε να χωρέσει το πέτρινο ψάρι στην άδεια σχισμή. Καθώς το έκανε, ένα αχνό κλικ αντήχησε μέσα από την αίθουσα και οι τοίχοι έμοιαζαν να δονούνται για άλλη μια φορά, αλλά αυτή τη φορά με έναν σκοπό.

Ξαφνικά, ο ναός λούστηκε από ένα απαλό, αιθέριο φως που έμοιαζε να πηγάζει από το πέτρινο ψάρι. Το άγαλμα του θεού της θάλασσας, που κάποτε καλύπτονταν από σκιές, τώρα έλαμπε με μια απόκοσμη λάμψη. Η καρδιά του Μπούμπα έτρεξε καθώς συνειδητοποίησε ότι είχε αποκαλύψει ένα κρυμμένο μυστικό μέσα στο ναό, κάτι που είχε μεγάλη σημασία.

Με τον ναό πλέον φωτισμένο, ο Μπούμπα παρατήρησε μια αρχαία τοιχογραφία στον τοίχο που δεν είχε ξαναδεί. Απεικόνιζε τον μύθο ενός ηρωικού νεαρού ψαρά που, όπως κι εκείνος, είχε ξεκινήσει μια προσπάθεια να σώσει το χωριό του από μια μεγάλη συμφορά. Ο Μπούμπα ένιωσε μια βαθιά σύνδεση με αυτή την ιστορία και συνειδητοποίησε ότι ήταν στο σωστό δρόμο.

Καθώς ο Μπούμπα συνέχιζε να εξερευνά το ναό, ήξερε ότι το πέτρινο ψάρι και ο γρίφος που είχε ξεκλειδώσει ήταν μόνο η αρχή του ταξιδιού του. Με νέα αποφασιστικότητα, ξεκίνησε να ξετυλίξει τα μυστήρια του ναού και να συγκεντρώσει τη γνώση και τη δύναμη που χρειαζόταν για να εκπληρώσει την αποστολή του και να γίνει ο ήρωας που φιλοδοξούσε να γίνει.

Ο Μπούμπα στάθηκε με δέος για την αρχαία τοιχογραφία, τα ζωηρά χρώματα και τις περίπλοκες λεπτομέρειες που διηγούνταν την ιστορία του ηρωικού ψαρά που είχε έρθει μπροστά του. Ωστόσο, η αίσθηση της απορίας του ήταν χρωματισμένη με ένα αίσθημα ανησυχίας καθώς παρατήρησε τις δύο κάμερες διακριτικά φωλιασμένες στην τοιχογραφία. Η μία κάμερα μόλις είχε ενεργοποιηθεί, ο φακός της είχε εκπαιδευτεί πάνω του, ενώ η άλλη ανοιγοκλείνει, όχι ακόμα πλήρως ενεργή. Αυτές οι συσκευές δεν έμοιαζαν με τίποτα που είχε δει ποτέ ο Bubba στη νεαρή του ζωή. Η έννοια της παρακολούθησης και της παρακολούθησης του ήταν εντελώς ξένη. Δεν μπορούσε παρά να αισθανθεί μια αίσθηση εισβολής και ευαλωτότητας, σαν αόρατα μάτια να εξέταζαν κάθε του κίνηση.

Ο Μπούμπα έκανε ένα βήμα πίσω, με τα μάτια του να τρέχουν από τη μια κάμερα στην άλλη. Αναρωτήθηκε ποιος είχε τοποθετήσει αυτές τις κάμερες εδώ και γιατί τον παρατηρούσαν. Ο ναός του θεού της θάλασσας, τόπος ευλάβειας και μυστηρίου, είχε γίνει ξαφνικά τόπος αβεβαιότητας και ερωτήσεων.

Η κάμερα που ενεργοποιήθηκε φαινόταν να ακολουθεί τις κινήσεις του Μπούμπα καθώς εξερευνούσε προσεκτικά την αίθουσα. Δεν μπορούσε να ξεφύγει από την αίσθηση ότι κάποιος, ή κάτι τέτοιο, τον παρακολουθούσε. Ήταν σαν να είχε ζωντανέψει η ίδια η αρχαία τοιχογραφία και τώρα ήταν ένας χαρακτήρας μιας ιστορίας που παρακολουθούσε ένα άγνωστο κοινό.

Καθώς συλλογιζόταν τη σημασία των καμερών, αντιλήφθηκε. Ίσως οι κάμερες δεν προορίζονταν να είναι επεμβατικές ή επιβλαβείς. Αντίθετα, θα μπορούσαν να έχουν ενδείξεις για τα μυστικά του ναού, παρέχοντας καθοδήγηση ή γνώσεις σε όσους τολμούσαν να λύσουν τα μυστήρια του.

Με νέα δύναμη μυαλού και αίσθηση του σκοπού, ο Bubba αποφάσισε να αντιμετωπίσει τις κάμερες ως εργαλεία για να λύσει το αινιγματικό παρελθόν του ναού. Θα συνέχιζε την εξερεύνηση του, δίνοντας προσοχή στις λεπτές ενδείξεις και τα μηνύματα που θα μπορούσαν να μεταφέρουν οι κάμερες, με την ελπίδα να βρει απαντήσεις στα ερωτήματα που τον είχαν οδηγήσει σε αυτόν τον ιερό τόπο.

Με κάθε βήμα, ο νεαρός ήρωας γινόταν πιο αποφασιστικός, έτοιμος να αντιμετωπίσει το άγνωστο και να αγκαλιάσει τις προκλήσεις του εκπληκτικού ταξιδιού του, έχοντας ταυτόχρονα επίγνωση ότι βρισκόταν υπό το άγρυπνο βλέμμα των καμερών της αρχαίας τοιχογραφίας.

Καθώς ο Bubba πάτησε σε ένα από τα πέτρινα πλακάκια που έμοιαζαν διαφορετικά από τα άλλα, παρατήρησε αμέσως μια περίεργη αίσθηση κάτω από το πόδι του. Το κεραμίδι αισθάνθηκε κούφιο και ο ήχος των βημάτων του, ένας σιγανός γδούπος σε σύγκριση με τις συμπαγείς πέτρες γύρω του, επιβεβαίωσε την υποψία του. Είχε πέσει πάνω σε κάτι ενδιαφέρον.

Γονατισμένη, ο Μπούμπα εξέτασε προσεκτικά το πλακάκι. Πέρασε τα μικρά του δάχτυλα πάνω από την επιφάνειά του, νιώθοντας τα περίπλοκα σκαλίσματα των λεπτών γραμμών και των μυστηριωδών σχημάτων να είναι χαραγμένα στην πέτρα. Τα σύμβολα έμοιαζαν να λένε μια ιστορία, μια αφήγηση κρυμμένη στα ίδια τα θεμέλια του ναού.

Καθώς τα δάχτυλά του εντόπιζαν τα σύμβολα, σημείωσε ότι δεν ήταν απλώς διακοσμητικά, αλλά μια σκόπιμη γλώσσα ή κώδικας. Ήταν μια γλώσσα που δεν είχε ξαναδεί, ωστόσο ένιωθε ότι κρατούσε το κλειδί για την αποκωδικοποίηση των μυστικών του ναού.

Ο ενθουσιασμός και η περιέργεια του Μπάμπα αυξήθηκαν. Δεν μπορούσε να μην αναρωτηθεί αν αυτό το κωδικοποιημένο μήνυμα θα μπορούσε να είναι το επόμενο κομμάτι του παζλ, μια ένδειξη που θα τον οδηγούσε πιο κοντά στην κατανόηση του σκοπού του ναού και της δικής του αποστολής. Ήξερε ότι έπρεπε να αποκρυπτογραφήσει αυτό το αινιγματικό σενάριο για να συνεχίσει το ταξίδι του.

Με προσοχή, έβγαλε από την τσάντα του ένα κομμάτι περγαμηνή και ένα κομμάτι κάρβουνο, χρησιμοποιώντας το πέτρινο πλακάκι ως αυτοσχέδιο γραφείο. Άρχισε να αντιγράφει τα σύμβολα, αποφασισμένος να αποκρυπτογραφήσει το νόημά τους. Κάθε χτύπημα του κάρβουνου έμοιαζε με πρόοδο και με κάθε σύμβολο που μετέγραψε, η πορεία μπροστά φαινόταν να γίνεται πιο καθαρή. Η γλώσσα του ναού του αποκάλυπτε σιγά σιγά τα μυστικά της.

Καθώς ο Bubba εργαζόταν για την αποκρυπτογράφηση των συμβόλων, δεν μπορούσε παρά να αισθάνεται ότι βρισκόταν στα πρόθυρα μιας σημαντικής ανακάλυψης, που θα μπορούσε όχι μόνο να τον καθοδηγήσει στο ναό αλλά και να κρατήσει το κλειδί για την κατανόηση των μεγαλύτερων μυστηρίων που περιβάλλουν την αναζήτησή του και ο αρχαίος ναός του θεού της θάλασσας.

Καθώς ο Μπούμπα αντέγραφε επιμελώς τα αρχαία σκαλίσματα στην περγαμηνή του, δεν μπορούσε να διώξει την αίσθηση ότι δεν ήταν μόνος στο ναό. Το απαλό ξύσιμο του κάρβουνου ενωνόταν με έναν απόκοσμο ήχο, ένα αχνό θρόισμα που ερχόταν από την άλλη πλευρά του τοίχου. Γύρισε το κεφάλι του, προσπαθώντας να εντοπίσει την πηγή του θορύβου.

Ενδιαφερόμενος και κάπως ανήσυχος, ο Μπούμπα ακολούθησε τον ήχο που τον οδήγησε σε μια μικρή, κρυφή πόρτα φωλιασμένη κοντά στη γωνία του κύριου θαλάμου. Η πόρτα ήταν παλιά και ξεπερασμένη, το ξύλο της έφερε τα σημάδια αμέτρητων ετών. Ήταν ασφαλισμένο με μια βαριά αλυσίδα που, προς έκπληξή του, φαινόταν να λάμπει από περίεργες ανταύγειες και περίπλοκα σχέδια. Η αλυσίδα φαινόταν να πάλλεται με μια απόκοσμη ενέργεια, τραβώντας την προσοχή του σαν σκόρος στη φλόγα.

Ο Μπούμπα συνειδητοποίησε ότι αυτή η περίεργη πόρτα και η αινιγματική της αλυσίδα κρατούσαν ένα άλλο στρώμα μυστηρίου μέσα στο ναό. Ήταν σαν ο ναός να τον καθοδηγούσε βαθύτερα στα μυστικά του, χρησιμοποιώντας την περιέργειά του ως φάρο. Τα σύμβολα που είχε αντιγράψει από το πέτρινο πλακίδιο αισθάνθηκαν ξαφνικά ακόμη πιο σημαντικά, σαν να ήταν μέρος ενός μεγαλύτερου παζλ που εκτεινόταν πέρα από την τοιχογραφία και σε αυτόν τον κρυφό θάλαμο.

Εξέτασε προσεκτικά τα λαμπερά σχέδια στην αλυσίδα, προσπαθώντας να αποκρυπτογραφήσει το νόημά τους. Ήταν κάποιου είδους προστασία ή προειδοποίηση; Ο Μπούμπα δεν μπορούσε να είναι σίγουρος, αλλά ήξερε ότι για να συνεχίσει το ταξίδι του και να αποκαλύψει τα μυστικά του ναού, θα έπρεπε να βρει έναν τρόπο να ξεκλειδώσει αυτή τη μυστηριώδη πόρτα. Με νέα αποφασιστικότητα και αίσθηση του σκοπού, ο Bubba έστρεψε την προσοχή του στην αλυσίδα, με το νεαρό μυαλό του να τρέχει με σκέψεις για το πώς θα μπορούσε να ξετυλίξει αυτό το τελευταίο αίνιγμα και να ανακαλύψει τι βρισκόταν πέρα από την πόρτα, που υπόσχεται ακόμη περισσότερες απαντήσεις και περιπέτειες.

Καθώς το μικρό χέρι του Bubba βούρτσιζε την επιφάνεια της λαμπερής αλυσίδας, περίμενε να συναντήσει αντίσταση, αλλά προς έκπληξή του, η αλυσίδα φαινόταν να αντιδρά στο άγγιγμά του. Έβγαλε ένα αχνό, αλλόκοτο κουδούνισμα και μετά, σαν φίδι που γλιστράει στην τρύπα του, η αλυσίδα ανασύρθηκε στο κάλυμμα της πόρτας με μια σειρά από μεταλλικά κλικ.

Η πόρτα άρχισε να μεταμορφώνεται μπροστά στα μάτια του, το σκουριασμένο μέταλλο και το παλαιωμένο ξύλο της έγιναν παρθένα και πεντακάθαρα. Μεταμορφώθηκε σε μια πόρτα φτιαγμένη εξ ολοκλήρου από αστραφτερό γυαλί, οι άκρες της οποίας σκιαγραφούνταν από περίπλοκα ξύλινα πλαίσια που έφεραν σύμβολα και σημάδια που δεν είχε ξαναδεί.

Στη γυάλινη πόρτα, ο Μπούμπα είδε τη δική του αντανάκλαση να τον κοιτάζει, αλλά υπήρχε κάτι παράξενο σε αυτό. Καθώς μελετούσε την αντανάκλαση πιο προσεκτικά, συνειδητοποίησε ότι δεν ήταν μόνο το δικό του πρόσωπο. Εκεί, στην άλλη πλευρά του γυαλιού, στεκόταν ένα άλλο αγόρι παρόμοιας ηλικίας και εμφάνισης, καθρεφτίζοντας κάθε του κίνηση.

Μια αίσθηση δέους και περιέργειας πλημμύρισε τον Μπούμπα καθώς συλλογιζόταν τη δυαδικότητα της γυάλινης πόρτας. Ήταν σαν να κοιτούσε μια αντανάκλαση του εαυτού του, αλλά στην άλλη πλευρά της πραγματικότητας. Με ένα μείγμα τρόμου και ενθουσιασμού, αναρωτήθηκε για την ταυτότητα του αγοριού από την άλλη πλευρά και τι θα μπορούσε να αποκαλύψει αυτή η εξαιρετική πόρτα.

Παίρνοντας μια βαθιά ανάσα, ο Μπούμπα αποφάσισε να περάσει το κατώφλι, με το χέρι του να πιέζει απαλά τη γυάλινη επιφάνεια. Τη στιγμή που τα δάχτυλά του ήρθαν σε επαφή με τη δροσερή, καθαρή πόρτα, μια αίσθηση μυρμηγκιάσματος πέρασε μέσα του και μπήκε σε έναν κόσμο που φαινόταν ότι υπήρχε παράλληλα με τον δικό του, όπου τα μυστήρια του ναού και η αναζήτησή του έμελλε να ξετυλίγονταν περαιτέρω. .

Καθώς ο Μπούμπα περνούσε από τη γυάλινη πόρτα και μπήκε στον παράλληλο κόσμο, συνάντησε τον θερμό χαιρετισμό του αγοριού από την άλλη πλευρά. Η οικειότητα στα μάτια του αγοριού και το φιλικό χαμόγελο στο πρόσωπό του έκαναν να φαίνεται σαν να γνωρίζονταν από καιρό. Ωστόσο, για τον Bubba, ο Tyro ήταν εντελώς άγνωστος.

Ο Μπούμπα δεν μπορούσε παρά να νιώσει ένα μείγμα περιέργειας και σύγχυσης. Το χέρι του πήγε ενστικτωδώς στην τσέπη του, ανασύροντας το πέτρινο ψάρι που είχε βρει νωρίτερα. Προς έκπληξή του, ο Tyro, το αγόρι από την άλλη πλευρά, καθρεφτίζει τις πράξεις του,

αποκαλύπτοντας ένα πανομοιότυπο πέτρινο ψάρι.

Η αμοιβαία εμφάνιση του πέτρινου ψαριού φαινόταν να είναι σύμβολο αναγνώρισης και σύνδεσης, αλλά βάθυνε το μυστήριο για τον Μπούμπα. Πώς ο Tyro είχε το ίδιο πέτρινο ψάρι και γιατί φαινόταν να γνωρίζει τόσο καλά τον Bubba;

Αντάλλαξαν συστάσεις και ο Μπούμπα έμαθε ότι το όνομα του αγοριού ήταν Τάιρο. Τα λόγια και η συμπεριφορά του Tyro μετέδιδαν μια αίσθηση φιλίας και κοινές εμπειρίες, αλλά ο Bubba παρέμεινε σαστισμένος. Για εκείνον, ο Tyro ήταν ένα αίνιγμα, ένα πρόσωπο από έναν κόσμο που δεν είχε γνωρίσει ποτέ.

Τα μάτια του Τάιρο κρατούσαν μια λάμψη κατανόησης, σαν να διέθετε γνώσεις για τον

Μπάμπα που ήταν πέρα από την κατανόηση του ίδιου του Μπάμπα. Ήταν σαν ο Τάιρο να περίμενε την άφιξή του, προσδοκώντας τη συνάντησή τους.

Με ένα μείγμα προσοχής και περιέργειας, ο Bubba ξεκίνησε μια συνομιλία με τον Tyro, ελπίζοντας να ξετυλίξει τα μυστήρια αυτού του παράλληλου κόσμου και τη σύνδεση μεταξύ τους. Υπήρχαν ερωτήσεις που έπρεπε να απαντηθούν και μυστικά που έπρεπε να αποκαλυφθούν, και η γυάλινη πόρτα τον είχε οδηγήσει σε ένα βασίλειο που υπόσχεται αξιόλογες ανακαλύψεις και περιπέτειες.

Ο Bubba εντυπωσιάστηκε από την απίστευτη ομοιότητα μεταξύ του Tyro και της φιγούρας στην τοιχογραφία που είχε ανακαλύψει στο ναό. Η ομοίωση ήταν τόσο ακριβής που του προκαλούσε ρίγη. Ήταν σαν να είχε βγει ο Tyro από την ίδια την ιστορία του ίδιου του ναού.

Με ένα αίσθημα εμπιστοσύνης και περιέργειας να μεγαλώνει μέσα του, ο Μπούμπα ακολούθησε τον Τάιρο σε ένα μικρό θάλαμο που έμοιαζε με αυτοκίνητο που δεν έμοιαζε με τίποτα που δεν είχε ξαναδεί. Ο θάλαμος απέπνεε μια απόκοσμη αύρα, γεμάτη με χειριστήρια και οθόνες που ήταν πέρα από την κατανόησή του.

Ο Tyro, ωστόσο, φαινόταν σαν στο σπίτι του. Πλοηγήθηκε επιδέξια στα χειριστήρια και ενεργοποίησε μια κάμερα μέσα στον κύριο θάλαμο του ναού. Καθώς η κάμερα ενεργοποιήθηκε, η αίσθηση της κατάπληξης του Bubba συνοδεύτηκε από μια αυγή συνειδητοποίηση. Αυτή η τεχνολογία, αυτός ο θάλαμος και η κάμερα ήταν που επέτρεψαν στον Tyro να επαναφέρει τον ναό στην αρχική του κατάσταση όταν είχε εισέλθει για πρώτη φορά.

Ο ναός, για άλλη μια φορά λουσμένος σε μια γαλήνια και αρχαία λάμψη, αποκαταστάθηκε στην κατάσταση στην οποία τον είχε πρωτοσυναντήσει ο Bubba. Ήταν σαν να είχε γυρίσει ο ίδιος ο χρόνος σε εκείνη την αρχική στιγμή. Η εμπειρία άφησε τον Bubba με δέος για τις δυνάμεις που παίζουν σε αυτόν τον κόσμο, όπου η τεχνολογία και ο μυστικισμός ήταν συνυφασμένα με τρόπους που δύσκολα μπορούσε να καταλάβει.

Με ένα μείγμα ευγνωμοσύνης και απορίας, ο Μπάμπα ανυπομονούσε να εξερευνήσει εκ νέου τον ναό με τον Τάιρο δίπλα του. Τα μυστήρια γύρω από αυτό το αρχαίο μέρος και τον απροσδόκητο σύντροφό του έμοιαζαν να βαθαίνουν. Υπήρχαν πολλά να μάθουν, πολλά να αποκαλυφθούν, και το ταξίδι που ακολουθούσε υποσχόταν απαντήσεις που θα μπορούσαν να αναδιαμορφώσουν την κατανόηση του Μπούμπα για τον κόσμο και τη θέση του μέσα σε αυτόν. Ο Bubba θαύμασε την απίστευτη τεχνολογία που διέθετε ο Tyro. Ήταν μια ανακάλυψη που άλλαξε τον κόσμο που πρόσφερε ματιές στο παρελθόν και το παρόν, ανοίγοντας πόρτες σε ένα βασίλειο γνώσης και εξερεύνησης που δύσκολα μπορούσε να καταλάβει.

Καθώς η ολογραφική εικόνα των γονιών του που γιόρταζαν τα γενέθλιά του συνέχιζε να παίζεται, παρατήρησε το βλέμμα χαράς στα πρόσωπά τους και τα κεριά που τρεμοπαίζουν στην τούρτα. Μια βαθιά αίσθηση νοσταλγίας και ζεστασιάς γέμισε την καρδιά του Μπούμπα. Είχε χάσει αυτή τη στιγμή και ήταν σαν να είχε σταματήσει ο χρόνος για να την ξαναζήσει.

Με δάκρυα να αστράφτουν στα μάτια του, ο Μπάμπα ψιθύρισε: «Ευχαριστώ, Τάιρο. Αυτό σημαίνει για μένα τον κόσμο. Δεν μπορώ να πιστέψω ότι θα αμφιβάλλω ποτέ για την απίστευτη τεχνολογία σου». Ήταν ευγνώμων για αυτή την απρόσμενη σύνδεση με το παρελθόν του και την αγάπη που του είχαν δείξει οι γονείς του.

Ο Τάιρο χαμογέλασε θερμά στον Μπούμπα, χαρούμενος που του έκανε αυτό το πολύτιμο δώρο. «Είναι μια μικρή γεύση του τι μπορούμε να εξερευνήσουμε μαζί, Μπάμπα. Το επιμελητήριο έχει τεράστιες γνώσεις και αμέτρητες εμπειρίες, που μας περιμένουν να το αποκαλύψουμε. Το ταξίδι σου για να γίνεις ήρωας έγινε πολύ πιο συναρπαστικό, δεν νομίζεις;»

Ο Μπούμπα έγνεψε καταφατικά, με το μυαλό του να περιστρέφεται με τις πιθανότητες. «Νιώθω ότι υπάρχουν τόσα πολλά να μάθουμε, να ανακαλύψουμε και να κατανοήσουμε. Αυτό το δωμάτιο είναι ένας θησαυρός γνώσης και περιπέτειας. Ανυπομονώ να δω πού μας οδηγεί». Η φιλία τους είχε ήδη αρχίσει να ξεκλειδώνει τα μυστικά του αρχαίου ναού και ο δεσμός μεταξύ του Μπούμπα και του Τάιρο θα αποδεικνυόταν τρομερή δύναμη στην αναζήτησή τους για ηρωισμό. Καθώς στέκονταν μπροστά στην απίστευτη διεπαφή του θαλάμου, ήταν γεμάτοι με προσμονή, ανυπόμονοι να συνεχίσουν το ταξίδι τους στα μυστήρια του κόσμου και στις εξαιρετικές δυνάμεις που είχαν στη διάθεσή τους.

Καθώς η ολογραφική εικόνα των γονιών του που γιόρταζαν τα γενέθλιά του έπαιζε μπροστά του, ο Bubba δεν μπορούσε να συγκρατήσει τα δάκρυά του. Η χαρά στα πρόσωπά τους, τα κεριά που τρεμοπαίζουν στην τούρτα — ήταν μια γλυκόπικρη στιγμή που τον γέμισε με μια βαθιά αίσθηση λαχτάρας. Η ευγνωμοσύνη φούσκωσε στην καρδιά του για τον Τάιρο, ο οποίος του είχε δώσει αυτή την απροσδόκητη ματιά στο παρελθόν.

Στο φόντο του βίντεο, όπου γιόρταζε η οικογένειά του, ο Μπούμπα στράφηκε στον Τάιρο. «Ευχαριστώ πολύ, Tyro. Δεν μπορώ να πιστέψω ότι αμφέβαλα ποτέ για αυτήν την εκπληκτική τεχνολογία».

Ο Τάιρο απάντησε με ένα ζεστό χαμόγελο: «Καλώς ήρθες Μπάμπα. Αυτή είναι μόνο η αρχή αυτού που μπορούμε να αποκαλύψουμε μαζί».

Ο Bubba δεν μπορούσε να μην κάνει την ερώτηση που τον απασχολούσε από τότε που είδε για πρώτη φορά την τούρτα στο βίντεο. «Τάιρο, γιατί οι γονείς μου δεν μου έδειξαν την τούρτα όταν ήμουν εκεί; Νόμιζα ότι η οικογένειά μας περνούσε τόσο δύσκολες στιγμές. Σχεδίαζα να δουλέψω για να συντηρήσω τον πατέρα μου».

Ο Τάιρο έγνεψε καταφατικά, καταλαβαίνοντας τη σύγχυση. «Οι γονείς σου είχαν σκοπό να σου κάνουν έκπληξη με αυτή την τούρτα την επόμενη μέρα των γενεθλίων σου, Μπάμπα. Ήθελαν να σας κάνουν μια ξεχωριστή γιορτή. Όμως κάτι θαύμα συνέβη. Όταν έφυγες, γέμισες με μια βαθιά επιθυμία να βοηθήσεις την οικογένειά σου. Πήγατε πάνω και πέρα για να εξασφαλίσετε την ευημερία τους. Και στην πορεία βρήκατε κάτι εξαιρετικό».

Ο Μπάμπα σάστισε με τα λόγια του Τάιρο. «Κάτι εξαιρετικό; Τι εννοείς?"

Ο Tyro χαμογέλασε συνειδητά και, με μερικές γρήγορες εντολές, προσάρμοσε τη διεπαφή. Στην οθόνη, ο Bubba παρακολουθούσε έκπληκτος καθώς η ζωντανή ροή βίντεο από την αίθουσα παρουσίαζε μια ζωντανή ροή από το σπίτι της οικογένειάς του. Σε αυτό το βίντεο σε πραγματικό χρόνο, είδε τους γονείς του, Morvane και Nerissa, να στέκονται μπροστά σε ένα όμορφα ανακαινισμένο σπίτι. Ο χώρος είχε αναβαθμιστεί και βελτιωθεί, και μια χαρούμενη ατμόσφαιρα γέμισε τον αέρα. Οι γονείς του γελούσαν και κουβέντιαζαν με μια νεότερη εκδοχή του Μπούμπα, που ήταν εκεί μαζί τους.

Ο Μπούμπα έμεινε έκπληκτος, πασχίζοντας να καταλάβει τι έβλεπε. "Πώς είναι αυτό δυνατόν; Εκείνη την περίοδο ήμουν σε μια βάρκα. Δεν ήμουν μαζί τους».

Ο Tyro εξήγησε: «Η ακλόνητη αποφασιστικότητα και η αγάπη σου για την οικογένειά σου, Bubba, δημιούργησαν κατά λάθος μια μοναδική ευκαιρία. Καθώς εργαζόσασταν στο σκάφος, οι προθέσεις και οι προσπάθειές σας είχαν απήχηση στο χρόνο και στο χώρο. Ήταν σαν να εμφανίστηκε μια άλλη εκδοχή σου δίπλα στους γονείς σου και μαζί βελτιώσατε τη ζωή τους. Η σκληρή δουλειά σας είχε βαθύ αντίκτυπο, ακόμη και όταν δεν ήσασταν φυσικά παρόντες».

Η Μπούμπα συγκινήθηκε βαθιά, δάκρυα κύλησαν για άλλη μια φορά. Η αποκάλυψη ότι η αγάπη και η αφοσίωσή του είχαν αγγίξει την οικογένειά του, έστω και από απόσταση, ήταν συγκινητική και μαγική. Καθώς συνέχιζαν να παρακολουθούν τη ζωντανή ροή των γονιών του Bubba, χαρούμενοι και ακμάζοντες, ο Bubba δεν μπορούσε παρά να νιώσει μια ανανεωμένη αίσθηση σκοπού. Ο θάλαμος, το Tyro και η απίστευτη τεχνολογία που είχαν στη διάθεσή τους είχαν τη δύναμη να αποκαλύψουν τα θαύματα του κόσμου και ο Bubba ήταν αποφασισμένος να εξερευνήσει, να μάθει και να κάνει τη διαφορά στις ζωές όσων αγαπούσε.

Με τον Tyro ως οδηγό και σύντροφό του, ο Bubba ήταν έτοιμος να αντιμετωπίσει όποια μυστήρια και περιπέτειες του περιμένουν, κατανοώντας ότι οι δεσμοί της αγάπης και της αφοσίωσης μπορούσαν να ξεπεράσουν τον χρόνο και τον χώρο, υφαίνοντας μια ταπετσαρία ελπίδας και θαυμασμού στον κόσμο.

Ο Μπούμπα γύρισε στον Τάιρο, με την καρδιά του να γεμίζει ευγνωμοσύνη και περιέργεια. «Τάιρο, αυτό είναι απίστευτο. Ποτέ δεν φανταζόμουν ότι οι προσπάθειές μου θα μπορούσαν να επηρεάσουν την οικογένειά μου με τόσο βαθύ τρόπο, ακόμη και όταν ήμουν μίλια μακριά. Είναι σαν θαύμα».

Ο Τάιρο έγνεψε καταφατικά, με τα μάτια του να αντανακλούν το θαύμα της στιγμής. «Είναι μια αξιοσημείωτη απόδειξη της δύναμης της αποφασιστικότητας και της αγάπης. Οι ενέργειές σας, με γνώμονα την αγάπη σας για την οικογένειά σας, είχαν ένα κυματιστικό αποτέλεσμα που ξεπέρασε τα όρια του χρόνου και χώρο».

Ο Bubba δεν μπορούσε παρά να αναρωτηθεί, «Είναι αυτή η τεχνολογία που έχει να κάνει ο ναός του θεού της θάλασσας; Υπάρχουν περισσότερα για να ανακαλύψετε, περισσότερα μυστήρια για να ξετυλίξετε;»

Η απάντηση του Τάιρο ήταν στοχαστική. «Ο ναός είναι ένας χώρος απίστευτης γνώσης και δύναμης, αλλά δεν αφορά μόνο την τεχνολογία. Έχει να κάνει με την κατανόηση της διασύνδεσης όλων των πραγμάτων, με τις δυνάμεις που διαμορφώνουν τον κόσμο και τις μοίρες μας. Ο ναός είναι ένα σκάφος που μας επιτρέπει να εξερευνήσουμε τα βάθη αυτής της κατανόησης».

Ο Μπάμπα ένιωσε μια βαθιά αίσθηση σκοπού να αναβλύζει μέσα του. «Θέλω να συνεχίσω να εξερευνώ, να μαθαίνω και να κάνω τη διαφορά στον κόσμο. Υπάρχουν τόσα πολλά που ακόμα δεν καταλαβαίνω και θέλω να ξεκλειδώσω τα μυστικά του ναού».

Το βλέμμα του Τάιρο κρατούσε μια αίσθηση θέλησης. «Πιστεύω, μαζί, μπορούμε να αποκαλύψουμε τα μυστήρια του ναού και να αξιοποιήσουμε τη γνώση του για το ευρύτερο καλό. Αλλά, Μπάμπη, το ταξίδι μας μόλις αρχίζει. Μας περιμένουν προκλήσεις και περιπέτειες. Είστε έτοιμοι για αυτό που σας περιμένει;»

Ο Μπάμπα συνάντησε το βλέμμα του Τάιρο με ακλόνητη αποφασιστικότητα. «Είμαι έτοιμος, Τάιρο. Θέλω να γίνω ήρωας, όχι μόνο για την οικογένειά μου, αλλά για όλους όσους χρειάζονται βοήθεια. Ας αγκαλιάσουμε το άγνωστο και ας συνεχίσουμε αυτό το απίστευτο ταξίδι».

Με μια κοινή αίσθηση του σκοπού και τα μυστήρια του ναού να γνέφουν, ο Μπάμπα και ο Τάιρο ήταν έτοιμοι να αντιμετωπίσουν ό,τι έμενε μπροστά. Το θάλαμο και η τεχνολογία που διέθετε ήταν τα εργαλεία τους, αλλά η αποφασιστικότητα και η αγάπη τους θα ήταν τα μεγαλύτερα πλεονεκτήματά τους σε αυτό το εξαιρετικό μονοπάτι. Η ιστορία δεν είχε τελειώσει και ένα νέο κεφάλαιο επρόκειτο να ξεδιπλωθεί.

ΣΤΟ ΜΠΛΕ ΑΓΝΩΣΤΟ

Η συσκευή που μοιάζει με θαλάμη που είχε χρησιμοποιήσει ο Tyro για να αποκαλύψει την οικογενειακή γιορτή του Bubba ήταν, στην πραγματικότητα, ένα αξιόλογο υποβρύχιο σκάφος. Με τις καρδιές τους γεμάτες ενθουσιασμό και περιέργεια, ο Bubba και ο Tyro ετοιμάστηκαν να ξεκινήσουν ένα απίστευτο ταξίδι στα βαθιά του ωκεανού.

Καθώς εγκαταστάθηκαν στα άνετα καθίσματα του θαλάμου, ο Tyro ξεκίνησε τα συστήματα του σκάφους. Ζωντάνεψε και οι διάφανοι γυάλινοι τοίχοι που τα περιέβαλλαν άρχισαν να αλλάζουν. Ο θάλαμος μετατράπηκε σε ένα στεγανό, διαφανές υποβρύχιο, επιτρέποντας στον Bubba και τον Tyro να δουν τον κόσμο κάτω από τα κύματα.

Ο Μπάμπα παρακολουθούσε με δέος καθώς ο θάλαμος κατέβαινε κάτω από την επιφάνεια του ωκεανού. Το νερό γύρω τους σταδιακά μεταβαλλόταν από το γαλάζιο σε μια βαθύτερη, πιο μυστηριώδη απόχρωση. Τα κοπάδια ψαριών έτρεχαν, με ζωηρά και διαφορετικά χρώματα, και οι ζωντανοί κοραλλιογενείς ύφαλοι εμφανίστηκαν.

Μέσα στο διαρκώς μεταβαλλόμενο υποβρύχιο τοπίο, ο Bubba δεν μπορούσε να συγκρατήσει την έκπληξή του. «Αυτό είναι απίστευτο, Τάιρο! Δεν έχω ξαναδεί κάτι τέτοιο. Ο ωκεανός είναι τόσο γεμάτος ζωή και ομορφιά».

Ο Τάιρο, με ένα χαμόγελο στα χείλη, συμφώνησε. «Ο ωκεανός κρύβει αμέτρητα μυστικά και εντυπωσιακά αξιοθέατα, Μπούμπα. Αντιμετωπίζει όμως και προκλήσεις και κινδύνους. Είναι ευθύνη μας να εξερευνήσουμε και να προστατεύσουμε αυτό το απίστευτο οικοσύστημα».

Καθώς τολμούσαν περισσότερο στα βάθη, ο ωκεανός άρχισε να αποκαλύπτει τα μυστικά του. Μοναδικά και εξωτικά θαλάσσια πλάσματα κολύμπησαν δίπλα, από χαριτωμένα θαλάσσια χελώνα μέχρι άπιαστα γιγάντια καλαμάρια. Το ζωντανό, σαν εξωγήινο τοπίο του βυθού του ωκεανού εμφανίστηκε, με τις μυστηριώδεις υποθαλάσσιες σπηλιές και τις βαθιές τάφρους.

Η φωνή του Μπούμπα γέμισε περιέργεια. «Τι ψάχνουμε, Τάιρο; Τι μυστήρια μας κρύβει ο ωκεανός;»

Ο Τάιρο του έριξε μια ματιά με μια συνειδητοποιημένη ματιά. «Μας περιμένουν πολλές ανακαλύψεις, Μπούμπα. Αλλά ο απώτερος στόχος μας είναι να κατανοήσουμε τη διασύνδεση όλης της ζωής, όπως διδάσκει ο ναός του θεού της θάλασσας. Πρέπει να μάθουμε πώς να προστατεύουμε και να διατηρούμε την ευαίσθητη ισορροπία αυτού του υποβρύχιου κόσμου».

Καθώς ο θάλαμος συνέχιζε την κάθοδό του, μεταφέροντάς τους στην καρδιά των άγνωστων βάθη του ωκεανού, ο Bubba και ο Tyro ήταν έτοιμοι να αντιμετωπίσουν τις προκλήσεις και να αποκαλύψουν τα θαύματα που έμειναν μπροστά. Το ταξίδι τους στο γαλάζιο άγνωστο μόλις ξεκινούσε, και τα θαύματα και οι ευθύνες του κόσμου των ωκεανών τους έκαναν να εξερευνήσουν, να μάθουν και να κάνουν τη διαφορά σε έναν κόσμο που ήταν πιο μυστηριώδης και πολύτιμος από όσο θα μπορούσαν να φανταστούν ποτέ.

Καθώς το υποβρύχιο συνέχιζε την κάθοδό του στον βαθύ ωκεανό, ο κόσμος έξω μεταμορφώθηκε σε ένα εξωγήινο, μυστηριώδες βασίλειο γεμάτο με τα θαύματα της θαλάσσιας ζωής. Ο Μπούμπα δεν μπορούσε να συγκρατήσει τη γοητεία του και η περιέργειά του δεν μπορούσε παρά να φουσκώσει. «Τάιρο», άρχισε, «Αναρωτιέμαι... από πού έρχεσαι; Ποια είναι η καταγωγή σου, η ιστορία σου;»

Ο Tyro, πάντα έτοιμος να μοιραστεί τη γνώση, έριξε μια ματιά στον Bubba με ένα συνειδητό χαμόγελο.

«Μπάμπα, η καταγωγή μου είναι μια ιστορία που ξεκινά πολύ πέρα από τη Γη. Προέρχομαι από έναν πλανήτη που, όπως και ο δικός σας, έχει το μερίδιό του σε προκλήσεις και ανακαλύψεις. Αλλά επιτρέψτε μου να σας δείξω την ιστορία ενός ατόμου που τολμούσε σε έναν μακρινό πλανήτη επιδιώκοντας τη γνώση και την αλλαγή».

Με αυτό, ο Tyro δημιούργησε μια συσκευή που μοιάζει με καλώδιο και, σε μια στιγμή, τη σύνδεσε στην παλάμη του Bubba. Ο κόσμος γύρω τους φαινόταν να παγώνει και ο Μπάμπα βρέθηκε να παρακολουθεί μια σκηνή που κόβει την ανάσα, μια σκηνή που εκτυλίσσεται σε έναν πλανήτη μακριά από τη Γη.

Ο Bubba γοητεύτηκε από τα γραφικά, καθώς τον μετέφεραν σε έναν ξένο πλανήτη γεμάτο με προηγμένη τεχνολογία και μια αναζήτηση για αλλαγή. Η ιστορία που έπαιξε πριν από αυτόν ήταν αυτή του Δρ Κλέτους, του εξωγήινου επιστήμονα, που είχε ξεκινήσει ένα τολμηρό ταξίδι στη Γη.

Ο Μπάμπα παρακολούθησε με δέος την ιστορία του Δρ Κλέτου, την εφεύρεσή του και τη μεταμόρφωσή του. Είδε την άφιξη του επιστήμονα στη Γη, τη γοητεία του με την ενότητα και τη συμπόνια των ανθρώπων και την αποστολή του να φέρει

αυτές οι αξίες πίσω στους δικούς του ανθρώπους.

Ήταν μια ιστορία φώτισης και αλλαγής, υπέρβασης των ορίων για να ανακαλύψετε έναν νέο τρόπο ζωής. Καθώς η ιστορία διαδραματιζόταν, ο Μπούμπα ένιωσε μια σύνδεση με το ταξίδι του Δρ. Κλέτους. Η δύναμη της ενότητας και της συμπόνιας, οι ίδιες αξίες που είχε δει ο κύριος Κλέτους στους ανθρώπους της Γης, αντηχούσαν στον Μπούμπα.

Το καλώδιο αποσυνδέθηκε από την παλάμη του Μπούμπα και ο χρόνος συνέχισε την πορεία του. Ο Bubba έμεινε με μια νέα εκτίμηση για τη δύναμη της ενότητας και τις δυνατότητες αλλαγής, όχι μόνο στη Γη αλλά και σε ολόκληρο το σύμπαν.

Με την αίσθηση του σκοπού να φλέγεται μέσα του, ο Μπούμπα στράφηκε στον Τάιρο. «Τάιρο, η ιστορία του Δρ Κλέτους είναι εμπνευσμένη. Δείχνει ότι ακόμη και στην απεραντοσύνη του σύμπαντος, αξίες όπως η ενότητα και η συμπόνια μπορούν να δημιουργήσουν βαθιά αλλαγή. Θέλω να είμαι μέρος αυτής της αλλαγής, όχι μόνο στη Γη αλλά όπου κι αν πάμε».

Ο Τάιρο έγνεψε καταφατικά. «Μπάμπα, ο ενθουσιασμός και η αφοσίωσή σου είναι αξιοσημείωτα. Μαζί, θα εξερευνήσουμε τον βαθύ ωκεανό, θα μάθουμε από τα μυστήρια του και θα φέρουμε πίσω τις γνώσεις και τις αξίες που μπορούν να εμπνεύσουν την αλλαγή, όπως έκανε ο Δρ Κλέτους».

Καθώς το ταξίδι τους στο μπλε άγνωστο συνεχιζόταν, ο Bubba και ο Tyro είχαν πλέον ενωθεί με μια κοινή αποστολή και μια βαθύτερη κατανόηση της δύναμης της ενότητας και της συμπόνιας στο σύμπαν. Ήταν έτοιμοι να αγκαλιάσουν τις προκλήσεις του ωκεανού και να αποκαλύψουν τα μυστικά του, ενώ όλα αυτά έφεραν την ιστορία του Δρ Κλέτου ως πηγή έμπνευσης.

Την εποχή πριν από το αξιοσημείωτο ταξίδι του κ. Κλέτους στη Γη, ο πλανήτης των εξωγήινων ήταν ένας τόπος προηγμένης τεχνολογίας και επιστημονικής προόδου. Η κοινωνία τους χτίστηκε στα θεμέλια της γνώσης, με τους επιστήμονες και έναν εφευρέτη να ξεπερνούν τα όρια του δυνατού. Ανάμεσά τους, ο κ. Κλέτους ξεχώρισε ως λαμπρός και καινοτόμος επιστήμονας.

Ο πλανήτης, αν και τεχνολογικά προηγμένος, αντιμετώπισε μια σημαντική πρόκληση. Παρά τα επιστημονικά τους επιτεύγματα, η κοινωνία χαρακτηριζόταν από έλλειψη ενότητας και κοινού σκοπού. Οι κάτοικοι του πλανήτη είχαν απομονωθεί όλο και περισσότερο και είχαν επικεντρωθεί σε ατομικές αναζητήσεις. Οι αξίες της συμπόνιας και της συνεργασίας είχαν πάρει πίσω μέρος στην τεχνολογική πρόοδο.

Ο κύριος Κλέτους, όμως, ήταν διαφορετικός. Ανησυχούσε βαθιά για την αυξανόμενη αποσύνδεση μεταξύ των ανθρώπων του. Ενώ φημιζόταν για τις εφευρέσεις και τις επιστημονικές του ανακαλύψεις, ήταν αποφασισμένος να χρησιμοποιήσει τις γνώσεις του για να γεφυρώσει το χάσμα και να αποκαταστήσει την ενότητα στην κοινωνία τους.

Μια μέρα, είχε ένα όραμα – την εφεύρεση της μηχανής «Universal Scamodification». Το όραμά του δεν ήταν απλώς να προσδιορίσει το φύλο των αγέννητων μωρών αλλά να χρησιμοποιήσει τις αξιοσημείωτες δυνατότητες του μηχανήματος για να διαβάσει και να τροποποιήσει το μυαλό των μικρών τους. Πίστευε ότι ενσταλάσσοντας αξίες συνεργασίας, συμπόνιας και του μεγαλύτερου καλού στη νέα γενιά, θα μπορούσαν να ξαναχτίσουν μια κοινωνία όπου η τεχνολογία και η ανθρωπότητα πήγαιναν χέρι-χέρι.

Υπήρχε όμως ένα σημαντικό πρόβλημα. Οι συγκάτοικοί του ήταν δύσπιστοι. Ήταν συνηθισμένοι στην επιδίωξη της ατομικής επιτυχίας και δυσκολεύονταν να πιστέψουν ότι μια τέτοια μηχανή θα μπορούσε να ενσταλάξει αξίες ενότητας. Ο κ. Κλέτους ήξερε ότι οι άνθρωποι συχνά απαιτούσαν αποδείξεις για να αποδεχτούν νέες ιδέες και οι δυνατότητες του μηχανήματος αντιμετωπίστηκαν με δυσπιστία.

Κατάλαβε ότι χρειαζόταν πραγματικές αποδείξεις για την αποτελεσματικότητα του μηχανήματος. Αποφάσισε να κάνει ένα τολμηρό βήμα και να ταξιδέψει στο άγνωστο. Ξεκίνησε μια αποστολή για να βρει μια κοινωνία όπου η ενότητα και η συμπόνια ευδοκιμούσαν. Τότε ήταν που ανακάλυψε τη Γη.

Κατά τη διάρκεια της παραμονής του στη Γη, ο κύριος Κλέτους επηρεάστηκε βαθιά από τους ανθρώπους που συνάντησε. Παρατήρησε την ικανότητά τους να συγκεντρώνονται σε στιγμές ανάγκης, να δείχνουν συμπόνια ο ένας για τον άλλον και να ενώνονται για το μεγαλύτερο καλό. Η εμπειρία άλλαξε την προοπτική του, όχι μόνο ως επιστήμονας αλλά και ως συνάνθρωπος του στο σύμπαν.

Με την επιστροφή του στον πλανήτη του, έφερε πίσω τα δείγματα αίματος από τη Γη, μια φυσική υπενθύμιση των δυνατοτήτων των ανθρώπων για ενότητα. Αλλά το πιο σημαντικό, έφερε πίσω ένα όραμα αλλαγής. Ήλπιζε να εμπνεύσει τους δικούς του ανθρώπους να ασπαστούν τις αξίες που είχε δει στη Γη και να ενώσουν τις τεχνολογικές τους προόδους με την ανθρωπότητα που είχε βρει σε αυτόν τον μακρινό πλανήτη.

Βαθιά κάτω από τον ωκεανό, ο Bubba και ο Tyro οδήγησαν το υποβρύχιο τους σε έναν μαγευτικό κόσμο. Ήταν μια σπηλιά που έλαμψε από ένα απόκοσμο φως, χάρη σε ειδικά θαλάσσια φυτά που έλαμπαν σε αποχρώσεις του μπλε και του πράσινου. Τα τείχη του σπηλαίου άστραφταν με αυτά τα λαμπερά χρώματα, δημιουργώντας μια απόκοσμη, σχεδόν μυστικιστική ατμόσφαιρα.

Αυτό το μέρος ήταν ένα θαύμα της φύσης και ήταν γεμάτο από μοναδικά, λαμπερά θαλάσσια πλάσματα. Μερικά από αυτά ήταν λεπτεπίλεπτα και έμοιαζαν σχεδόν διάφανα, κινούνταν με χάρη σαν αιθέριοι χορευτές μέσα στο νερό. Άλλοι, ωστόσο, ήταν πιο προστατευτικοί με την επικράτειά τους και παρουσίαζαν άγρια, λαμπερά μοτίβα για να επικοινωνούν και να αποκρούουν τους εισβολείς.

Καθώς ο Bubba και ο Tyro τολμούσαν περισσότερο σε αυτό το άγνωστο περιβάλλον, αντιμετώπισαν έναν κόσμο που δεν έμοιαζε με τίποτα που είχαν δει ποτέ πριν. Ο προηγμένος εξοπλισμός τους επέτρεψε να συγκεντρώσουν πληροφορίες για τα πλάσματα που ζούσαν στη σπηλιά. Παρατήρησαν τις συμπεριφορές τους, τα όμορφα μοτίβα βιοφωταύγειας που εμφάνιζαν και πώς αλληλεπιδρούσαν μεταξύ τους στο ευαίσθητο οικοσύστημα.

Όμως η παρουσία τους δεν πέρασε απαρατήρητη από τα εδαφικά πλάσματα του σπηλαίου. Αυτά τα πλάσματα, με αιχμηρά, λαμπερά εξαρτήματα, πλησίασαν προσεκτικά το υποβρύχιο, κάνοντας περίεργα κύκλους γύρω του, ενώ έκαναν σαφείς τις εδαφικές τους προθέσεις. Ο Bubba και ο Tyro έπρεπε να είναι προσεκτικοί και να πλοηγούνται στο υποβρύχιο τους με επιδεξιότητα για να αποφύγουν να αναστατώσουν αυτά τα πλάσματα. Κατάλαβαν τη σημασία του σεβασμού της λεπτής ισορροπίας της ζωής σε αυτόν τον μοναδικό υποβρύχιο κόσμο. Καθώς τολμούσαν βαθύτερα σε αυτόν τον κόσμο των λαμπερών θαυμάτων, ο Bubba και ο Tyro έμειναν έκπληκτοι όταν ανακάλυψαν ότι ακόμη και στις πιο σκοτεινές γωνιές του ωκεανού, η ζωή θα μπορούσε να ευδοκιμήσει και να προκαλέσει δέος. Το ταξίδι τους μέσα από αυτό το φωτεινό σπήλαιο έδειξε την απίστευτη ικανότητα του ωκεανού να δημιουργεί εκπληκτική ομορφιά και μυστήριο. Οι προκλήσεις που αντιμετώπισαν απλώς βάθυναν το σεβασμό τους για τα εκπληκτικά θαύματα που κρύβονται κάτω από τα κύματα.

Καθώς ο Μπούμπα και ο Τάιρο κατέβαιναν βαθύτερα στην τάφρο, η πίεση από το γύρω νερό συνέχιζε να αυξάνεται και το σκοτάδι γινόταν πιο έντονο. Ο θάλαμος υψηλής τεχνολογίας τους παρείχε τη μοναδική πηγή φωτός σε αυτόν τον παράξενο, υποβρύχιο κόσμο, ρίχνοντας απόκοσμες σκιές παντού.

Ο Bubba, ο ωκεανογράφος, έμεινε έκπληκτος από την ασυνήθιστη θαλάσσια ζωή που συνάντησαν. Γιγαντιαία, διάφανα πλάσματα με αστραφτερά λέπια γλιστρούσαν μπροστά από την κάμαρά τους, με τα μεγάλα, στρογγυλά μάτια τους καρφωμένα στους άγνωστους επισκέπτες. Ο Tyro, ο μηχανικός, εντυπωσιάστηκε από τη δύναμη του θαλάμου τους, που άντεξε καλά κάτω από την τεράστια πίεση της βαθιάς θάλασσας.

Δεν ήταν όμως όλα τα πλάσματα που συνάντησαν φιλικά. Κάποιοι, με κοφτερά δόντια και εχθρικά μάτια, προσπάθησαν να επιτεθούν στο θάλαμό τους, παρερμηνεύοντάς το με φαγητό. Ο Bubba και ο Tyro έπρεπε να δράσουν γρήγορα και να χρησιμοποιήσουν το αμυντικό σύστημα του θαλάμου. Εξέπεμπε έναν υψηλό ήχο που τρόμαξε τους επιθετικούς πλάσματα.

Το ταξίδι τους μέσα από την τάφρο αφορούσε τόσο την επιβίωση όσο και τη μάθηση. Ο Bubba και ο Tyro χρησιμοποίησαν την προηγμένη τεχνολογία τους για να συλλέξουν δεδομένα σχετικά με αυτά τα μυστηριώδη πλάσματα, ενώ πρόσεχαν να μην διαταράξουν την ισορροπία αυτού του κρυφού κόσμου. Ένιωθαν σαν ταπεινοί καλεσμένοι σε ένα μέρος που ήταν κρυμμένο από την ανθρωπότητα για πολύ καιρό. Καθώς συνέχιζαν να εξερευνούν βαθύτερα την άβυσσο, έμειναν σε εγρήγορση. Ήξεραν ότι γύρω από κάθε γωνιά της τάφρου, θα μπορούσαν να περιμένουν περισσότερα αινιγματικά πλάσματα - άλλα περίεργα, άλλα εχθρικά. Η περιπέτεια δεν είχε τελειώσει και τα μυστήρια της βαθιάς θάλασσας περίμεναν ακόμα να αποκαλυφθούν.

Με κάθε κεφάλαιο της εξερεύνησής τους στον ωκεανό, ο Bubba και ο Tyro συνέχισαν να μαθαίνουν, να προσαρμόζονται και να κερδίζουν μια βαθύτερη εκτίμηση για τα απίστευτα μυστήρια του ωκεανού. Αυτό το συγκεκριμένο κεφάλαιο τους άφησε με δέος για την αξιοσημείωτη ικανότητα του ωκεανού να καλλιεργεί τη ζωή ακόμα και στα πιο απροσδόκητα και μαγευτικά μέρη. Καθώς το υποβρύχιο γλιστρούσε στα μυστηριώδη βάθη του ωκεανού, ο Bubba δεν μπορούσε παρά να νιώσει ένα μείγμα ενθουσιασμού και ανησυχίας. Το μελάνι σκοτάδι έξω στίχθηκε από την απαλή λάμψη των βιοφωταυγών πλασμάτων, δημιουργώντας μια απόκοσμη ατμόσφαιρα μέσα στο υποβρύχιο.

Ο Μπάμπα, με την περιέργειά του να τον εξοντώνει, γύρισε στον Τάιρο και ρώτησε:

«Ξέρεις, Τάιρο, όλη αυτή η κατάσταση είναι πολύ περίεργη. Θέλω να πω, ποιος αφήνει ένα υποβρύχιο σε έναν ναό για χρόνια και μετά λέει σε κάποιον να το πάρει χωρίς να έχει ιδέα για το πού πάμε; Έχετε κάποια προαίσθηση για το τι συμβαίνει;».

Ο Tyro έξυσε το κεφάλι του και απάντησε με έναν αβέβαιο τόνο: «Μπάμπα, θα ήθελα να είχα περισσότερες απαντήσεις, αλλά το μόνο που ξέρω είναι αυτό που μου είπαν. Αυτό το υποβρύχιο έχει το δικό του σύστημα πλοήγησης και έχω λάβει οδηγίες να σας περιμένω σε αυτόν τον ναό. Από εκεί και πέρα, είναι ένα μυστήριο. Αλλά μερικές φορές, τα μυστήρια μπορούν να οδηγήσουν σε μεγάλες περιπέτειες, δεν νομίζετε;»

Ο Μπάμπα γέλασε, το περιπετειώδες πνεύμα του αναζωπυρώθηκε. «Έχεις ένα σημείο εκεί, Τάιρο. Δεν είναι κάθε μέρα που τα βρίσκει κανείς σε ένα υποβρύχιο στη μέση του ωκεανού χωρίς ξεκάθαρο προορισμό. Υποθέτω ότι πρόκειται να ξεκινήσουμε μια καλή περιπέτεια. Λοιπόν, πες μου, τι κάνεις όσο περιμένεις χρόνια εδώ στο ναό; Αυτό δεν μπορεί να είναι εύκολο».

Ο Τάιρο χαμογέλασε, τα μάτια του αντανακλούσαν τη σοφία κάποιου που είχε περάσει πολύ καιρό στη μοναξιά. «Λοιπόν, Μπούμπα, έχω περάσει τον χρόνο μου μελετώντας τις αρχαίες επιγραφές του ναού και κάνοντας διαλογισμό. Υπάρχει μια αύρα ηρεμίας και μυστηρίου σε αυτό το μέρος που είναι αρκετά μαγευτικό. Και, φυσικά, περίμενα με ανυπομονησία την άφιξή σου, που φέρνει τον δικό του ενθουσιασμό».

Καθώς το υποβρύχιο συνέχιζε την κάθοδό του στην άβυσσο, ο Bubba και ο Tyro βρίσκονταν σε μια άνετη σιωπή, ανταλλάσσοντας κατά καιρούς σκέψεις για την ομορφιά και τα μυστήρια του κόσμου των βαθέων υδάτων που τους περιβάλλει. Τα βιοφωταύγεια πλάσματα έξω χόρευαν σαν αιθέριες πυγολαμπίδες και το απαλό βουητό του υποβρυχίου παρείχε ένα χαλαρωτικό σκηνικό στη συνομιλία τους.

Δεν ήξεραν ότι το ταξίδι τους στο άγνωστο μόλις είχε ξεκινήσει και τα μυστικά του υποβρυχίου, του ναού και του βάθους του ωκεανού περίμεναν να αποκαλυφθούν;

Καθώς το ταξίδι τους συνεχιζόταν, ο Bubba και ο Tyro έκαναν ένα διάλειμμα για να πάρουν τα συμπληρώματα διατροφής τους. Οι συμπαγείς, υψηλής τεχνολογίας θήκες περιείχαν όλα τα θρεπτικά συστατικά που χρειάζονταν για την υποθαλάσσια περιπέτειά τους. Ο Μπούμπα ξεβίδωσε το καπάκι στο πουγκί του και ήπιε μια γουλιά, κάνοντας μια γκριμάτσα στην ελαφρώς συνθετική γεύση.

Ο Tyro, με το πουγκί του στο χέρι, χαμογέλασε και είπε: «Δεν είναι το πιο γκουρμέ γεύμα, το παραδέχομαι, αλλά θα μας κρατήσει. Επιπλέον, είναι ένα ουσιαστικό μέρος της αποστολής μας».

Ο Μπούμπα έγνεψε καταφατικά και, καθώς έπινε άλλη μια γουλιά, το βλέμμα του έπεσε σε ένα περίεργο αντικείμενο σαν κρύσταλλο πάνω στο τραπέζι. Ήταν ημιδιαφανές και εξέπεμπε μια απαλή, παλλόμενη λάμψη, ρίχνοντας περίπλοκα σχέδια στο εσωτερικό του υποβρυχίου.

Ο Curiosity τον πήρε το καλύτερο και άπλωσε το χέρι του να μαζέψει τον κρύσταλλο. Καθώς το κρατούσε στο χέρι του, μια ιδιόμορφη ζεστασιά και αίσθηση σκοπού τον κυρίευσε. Γύρισε στον Τάιρο, με ενθουσιασμό και ίντριγκα στα μάτια του, και είπε: «Τάιρο, ρίξε μια ματιά σε αυτό. Βρήκα αυτό το κρύσταλλο στο τραπέζι, και υπάρχει κάτι σε αυτό... είναι σημαντικό, σαν να προσπαθεί να μας πει κάτι».

Ο Tyro εξέτασε τον κρύσταλλο, με τα μάτια του να ανοίγουν καθώς αναγνώρισε τη σημασία του. «Μπάμπα, αυτό δεν είναι συνηθισμένο κρύσταλλο. Είναι ένα αρχαίο τεχνούργημα γνωστό ως «Η Καρδιά του Ωκεανού». Ο θρύλος λέει ότι η Καρδιά έχει απίστευτες δυνάμεις και λέγεται ότι καθοδηγεί όσους βρίσκονται σε μια μοναδική και σημαντική αποστολή. Λείπει εδώ και αιώνες. Αυτό είναι αξιοσημείωτο!».

Η καρδιά του Μπούμπα έτρεξε με ένα μείγμα δέους και προσμονής. "Λοιπόν, θέλεις να μου πεις ότι αυτός ο κρύσταλλος έχει κάποια σχέση με την αποστολή μας και αυτό το υποβρύχιο;"

Ο Τάιρο έγνεψε σοβαρά. «Έτσι φαίνεται, Μπάμπα. Το ότι το βρήκατε τώρα, σε αυτό το ταξίδι, δεν είναι τυχαίο. Το The Ocean's Heart έχει τον τρόπο να επιλέγει αυτούς που θεωρεί άξιους για μια αποστολή υψίστης σημασίας. Πρέπει να αποκρυπτογραφήσουμε το μήνυμά του και να ακολουθήσουμε την καθοδήγησή του. Πιστεύω ότι είναι το κλειδί για το ξεκλείδωμα των μυστηρίων που βρίσκονται μπροστά μας».

Με την Καρδιά του Ωκεανού στην τσέπη του, ο Μπάμπα και ο Τάιρο επέστρεψαν στις θέσεις τους. Ο ενθουσιασμός τους ήταν απτός και το σύστημα πλοήγησης του υποβρυχίου φαινόταν να ανταποκρίνεται στην παρουσία του αρχαίου αντικειμένου. Καθώς το υποβρύχιο συνέχιζε την κάθοδό του, η αίσθηση του σκοπού και το βάρος της επικείμενης αποστολής τους δυνάμωναν. Ήταν σαφές ότι η περιπέτειά τους έπαιρνε μια απροσδόκητη και εξαιρετική τροπή και τα μυστήρια του βαθέως ωκεανού ήταν έτοιμα να αποκαλύψουν τα μυστικά τους.

Καθώς το υποβρύχιο γλιστρούσε στα σκοτεινά βάθη του ωκεανού, η συνομιλία μεταξύ του Bubba και του Tyro στράφηκε στα μυστήρια του σύμπαντος, προσθέτοντας ένα πνευματικό στρώμα στο ταξίδι τους.

Ο Μπάμπα, κοιτάζοντας την απέραντη έκταση του ωκεανού πέρα από το παχύ φινιστρίνι του υποβρυχίου, σκέφτηκε: «Ξέρεις, Τάιρο, αυτός ο υποβρύχιος κόσμος είναι σαν ένα άλλο σύμπαν, τόσο διαφορετικό από αυτό που ξέρουμε στην επιφάνεια. Σε κάνει να αναρωτιέσαι για το σύμπαν πέρα από τον κόσμο μας, έτσι δεν είναι;»

Ο Τάιρο, πάντα έτοιμος για μια στοχαστική συζήτηση, έγνεψε καταφατικά. «Μάλιστα, Μπάμπη. Τα βάθη των ωκεανών είναι μια υπενθύμιση του πόσο μεγάλο μέρος του πλανήτη μας παραμένει ανεξερεύνητο, αλλά μου θυμίζουν επίσης την απεραντοσύνη του σύμπαντος πέρα. Ο Κόσμος είναι μια απεριόριστη έκταση, και έχουμε χαράξει μόνο την επιφάνεια των μυστικών του». Ο Μπούμπα συνέχισε, «Άκουσα για αυτή τη θεωρία μια φορά, ότι μπορεί να υπάρχει άλλη έξυπνη ζωή εκεί έξω, σε γαλαξίες πολύ, πολύ μακριά. Μπορείτε να φανταστείτε πώς θα ήταν να έρθετε σε επαφή με εξωγήινα όντα; Αυτό θα ήταν συγκλονιστικό».

Ο Tyro γέλασε, «Θα ήταν μια μνημειώδης ανακάλυψη, σίγουρα. Απλώς σκεφτείτε τις γνώσεις και τις προοπτικές που μπορεί να φέρουν. Είναι μια από τις πιο συναρπαστικές δυνατότητες στη σφαίρα της επιστημονικής φαντασίας και του επιστημονικού γεγονότος».

Η συζήτησή τους τους οδήγησε στην έννοια του χρόνου και του χώρου και η Μπούμπα αναλογίστηκε: «Το ταξίδι στο χρόνο, επίσης, είναι μια συναρπαστική ιδέα. Τι θα γινόταν αν μπορούσαμε να ταξιδέψουμε πίσω στο χρόνο και να δούμε ιστορικά γεγονότα να ξετυλίγονται ή ίσως να ρίξουμε μια ματιά στο μέλλον; Οι πιθανότητες είναι ατελείωτες."

Ο Tyro, ενθουσιασμένος από την περιέργεια του Bubba, απάντησε: «Ο χρόνος είναι μια περίεργη διάσταση, και ενώ έχουμε κάνει μεγάλα βήματα στην κατανόηση του, υπάρχουν ακόμα τόσα πολλά που δεν γνωρίζουμε. Ο ιστός του χρόνου και του χώρου περιέχει αμέτρητους γρίφους που συνεχίζουν να αιχμαλωτίζουν το μυαλό των επιστημόνων και των ονειροπόλων». Η συζήτησή τους ελίσσονταν σε θέματα όπως οι μαύρες τρύπες, η δυνατότητα για παράλληλα σύμπαντα και η έννοια της πολυποικιλότητας. Το σκοτάδι έξω από το υποβρύχιο φαινόταν να αντανακλά την απεραντοσύνη του σύμπαντος, προκαλώντας μια αίσθηση ταπεινότητας και θαυμασμού τόσο στον Μπούμπα όσο και στον Τάιρο.

Καθώς συλλογίζονταν τα μυστήρια του σύμπαντος, δεν μπορούσαν παρά να αισθανθούν ότι το τρέχον ταξίδι τους, με οδηγό την αινιγματική Καρδιά του Ωκεανού, ήταν μόνο ένα μικρό μέρος μιας πολύ μεγαλύτερης κοσμικής αφήγησης που περίμενε να αποκαλυφθεί. Καθώς ο Bubba και ο Tyro εμβαθύνουν στη συζήτησή τους για το σύμπαν, ο Tyro, ο οποίος στην πραγματικότητα ήταν εξωγήινος από έναν άγνωστο πλανήτη, χαμογέλασε στον εαυτό του αλλά διατήρησε την ανθρώπινη μορφή του και συνέχισε να συμπεριφέρεται σαν να ήταν τόσο περίεργος όσο ο Bubba.

Όταν ο Bubba ανέφερε την πιθανότητα επαφής με εξωγήινα όντα, οι σκέψεις του Tyro περιπλανήθηκαν στον πλανήτη του και στη βάση που κρύβεται στα βάθη του ωκεανού. Ήξερε ότι πήγαινε τον Bubba σε έναν κόσμο άγνωστο στους ανθρώπους, όπου οι εξωγήινοι συνάδελφοι του Tyro είχαν δημιουργήσει τη βάση τους με σκοπό να μελετήσουν τους ωκεανούς της Γης και να καλλιεργήσουν μια ειρηνική σύνδεση με την ανθρωπότητα. Η αποστολή του Tyro ήταν να γεφυρώσει το χάσμα μεταξύ του λαού του και των ανθρώπων της Γης.

Καθώς ο Bubba συλλογιζόταν ενθουσιασμένος την έννοια του ταξιδιού στο χρόνο, ο Tyro συνειδητοποίησε ότι τα μυστικά της προηγμένης εξωγήινης τεχνολογίας του θα μπορούσαν σύντομα να αποκαλυφθούν στον νέο του άνθρωπο σύντροφο. Ωστόσο, ο Tyro είχε μια γνήσια πρόθεση πίσω από αυτό. Πίστευε ότι μοιράζοντας τις γνώσεις του, θα μπορούσε να βοηθήσει στην προώθηση της κατανόησης της Γης για το σύμπαν και να προωθήσει τη συνεργασία μεταξύ των δύο ειδών.

Η συζήτησή τους συνεχίστηκε και ο Tyro μοιράστηκε τις σκέψεις του για τις μαύρες τρύπες, τα παράλληλα σύμπαντα και την πολυποικιλότητα, όλα αυτά διατηρώντας την ανθρώπινη πρόσοψή του. Γνώριζε καλά ότι τα μυστικά των βάθη του ωκεανού, όπου οι άνθρωποι του είχαν δημιουργήσει τη βάση τους, συνδέονταν με αυτές τις μυστηριώδεις έννοιες.

Εν αγνοία του Bubba, η αποστολή του Tyro δεν ήταν απλώς να τον φέρει στον κρυμμένο υποβρύχιο κόσμο των εξωγήινων. Αφορούσε την ενθάρρυνση μιας βαθύτερης κατανόησης μεταξύ των ειδών τους, υπερβαίνοντας τα όρια της επιφάνειας της Γης και τις απώτερες περιοχές του σύμπαντος. Καθώς το υποβρύχιο κατέβαινε περαιτέρω στην άβυσσο του ωκεανού, η κρυφή ατζέντα του Tyro παρέμενε κρυμμένη πίσω από τη φιλική του συμπεριφορά, αφήνοντας τον Bubba να αναρωτιέται για τα αινιγματικά μυστικά του βαθέως και του σύμπαντος που επρόκειτο να αποκαλύψουν μαζί.

ΔΙΑΛΕΙΜΜΑ

Μέσα στην αναταραχή της συνεχιζόμενης αποστολής του Cletus να προστατεύσει τη Γη από την εξωγήινη απειλή, εμφανίζεται μια παύση. Αυτό το διάλειμμα σηματοδοτεί μια αλλαγή της οπτικής γωνίας, μια στιγμή περισυλλογής, καθώς η αφήγηση ξεκινά ένα νέο μονοπάτι.

Καθώς η ιστορία υποχωρεί στιγμιαία στις σκιές, μια νέα οπτική γωνία πρόκειται να αποκαλυφθεί. Το ταξίδι παίρνει μια απροσδόκητη τροπή, αποκαλύπτοντας κρυμμένα μυστικά και απροσδόκητους συμμάχους. Η μάχη για την επιβίωση της Γης μπαίνει σε μια νέα φάση και ο Κλέτους αντιμετωπίζει προκλήσεις που θα επαναπροσδιορίσουν τον ρόλο του ως φύλακας του πλανήτη.

Σε αυτό το διάλειμμα, πάρτε μια βαθιά ανάσα, γιατί η ιστορία πρόκειται να πηδήξει σε αχαρτογράφητο έδαφος, έναν κόσμο ίντριγκας, συμμαχιών και αχαρτογράφητων συνόρων.

Ετοιμαστείτε να βουτήξετε στο επόμενο κεφάλαιο, όπου ο εχθρός μέσα παίρνει μια εντελώς νέα μορφή και τα διακυβεύματα είναι υψηλότερα από ποτέ.

ΕΧΘΡΟΣ ΜΕΣΑ:

«Ο ΑΓΩΝΑΣ ΤΟΥ ΚΛΕΤΟΥ ΓΙΑ ΤΑ ΜΥΣΤΙΚΑ ΤΗΣ ΓΗΣ»

Καθώς η ιστορία συνεχιζόταν, η τραγική κατάσταση εκτυλίχθηκε. Ο κ. Κλέτους, φυλακισμένος από τον Δρ. Σκορτς, είχε κάνει ζωτικές τροποποιήσεις στην εφεύρεσή του, τη «Universal Scamodification Device» (USD Machine), λίγο πριν τη σύλληψή του. Αυτές οι τροποποιήσεις συνδέθηκαν με τα γεγονότα στη Γη και είχαν βαθύ αντίκτυπο στην εκτυλισσόμενη αφήγηση.

Ο Δρ. Scorch, σε μια προσπάθεια να ελέγξει τον ανθρώπινο πληθυσμό και να εξασφαλίσει το μέλλον της εξωγήινης φυλής στη Γη, επιχείρησε να κάνει κακή χρήση της μηχανής USD. Το απαίσιο σχέδιό του περιελάμβανε χειραγώγηση του μυαλού των εγκύων γυναικών στη Γη. Η συσκευή είχε την ικανότητα να επηρεάσει την ανάπτυξη της επόμενης γενιάς ανθρώπων, διασφαλίζοντας την πίστη τους στους εξωγήινους εισβολείς.

Ωστόσο, άγνωστος στον Δρ Σκορτς, ο κ. Κλέτους είχε θέσει μια έξυπνη προστασία. Είχε προγραμματίσει το μηχάνημα με ένα μοναδικό χαρακτηριστικό ασφαλείας. Ο κωδικός πρόσβασης για το ξεκλείδωμα της συσκευής ήταν μια ακολουθία πέντε κουκκίδων και κωδικοποιήθηκε με την προϋπόθεση ότι μόνο μια συγκεκριμένη ομάδα ατόμων που θα μπορούσε να το ξεκλειδώσει.

Ο Cletus είχε επιλέξει αυτή τη μέθοδο για να διασφαλίσει ότι το μηχάνημα δεν θα μπορούσε να χρησιμοποιηθεί κατάχρηση για κακόβουλους σκοπούς. Τα πέντε άτομα, που μπορούσαν να ενεργοποιήσουν το μηχάνημα, έπρεπε να έχουν ένα συγκεκριμένο σύνολο χαρακτηριστικών ή σημάδια κάτω από το λαιμό τους, όπως καθορίζεται από τις τροποποιήσεις του Cletus.

Καθώς η ιστορία εξελισσόταν περαιτέρω, ο Eoan, ένας από τους βασικούς χαρακτήρες, έμαθε για αυτές τις τροποποιήσεις από τον Broad. Ο Eoan ανατέθηκε να βρει τα άλλα τέσσερα άτομα που είχαν τα μοναδικά σημάδια και να τα συγκεντρώσει για να ξεκλειδώσει το USD Machine.

Ο Broad, ένας χαρακτήρας που έπαιξε καθοριστικό ρόλο στην παροχή αυτών των κρίσιμων πληροφοριών, τόνισε τον επείγοντα χαρακτήρα του έργου. Τόνισε ότι τους έμειναν μόνο 23 μέρες για να συγκεντρώσουν την ομάδα και αν αποτύγχανε, τους περίμεναν καταστροφικές συνέπειες. Η επιβίωση της ανθρωπότητας εξαρτιόταν από την επιτυχία τους στη συγκέντρωση αυτής της ομάδας των πέντε ατόμων

πριν από την επικείμενη προθεσμία.

Η αποφασιστικότητα και το αίσθημα ευθύνης του Eoan πυροδοτήθηκαν από τα λόγια του Broad και ξεκίνησε μια αποστολή για να εντοπίσει τα άλλα άτομα που θα μπορούσαν να ενεργοποιήσουν τη Μηχανή USD. Η αίσθηση του επείγοντος και του σκοπού τον οδήγησε τώρα καθώς καταλάβαινε τη σοβαρότητα της κατάστασης.

Αυτή η τροπή των γεγονότων σηματοδότησε μια κρίσιμη συγκυρία στην ιστορία, όπου η προσπάθεια να συγκεντρωθούν τα πέντε άτομα και να αποτραπεί η επικείμενη καταστροφή έγινε το επίκεντρο. Το ταξίδι του Eoan για να βρει και να ενώσει τα μέλη αυτής της ομάδας, μαζί με το μοναδικό δίκτυο επικοινωνίας που δημιούργησε η Broad χρησιμοποιώντας αρουραίους, έπαιξαν καθοριστικό ρόλο στο δράμα που εκτυλίσσεται.

Καθώς η αφήγηση συνεχιζόταν, το σασπένς και η προσμονή μεγάλωναν, θέτοντας τις βάσεις για τον αγώνα ενάντια στο χρόνο και τη μάχη για την επιβίωση της ανθρωπότητας στη Γη.

Ο Δρ Σκορκ κάθισε στη μεγαλειώδη αίθουσα του, η οποία ήταν γεμάτη με εξωγήινα αντικείμενα και προηγμένη τεχνολογία. Ο κύριος Κλέτος, τώρα φυλακισμένος, φέρθηκε μπροστά του, με τη στάση του να αποπνέει ρεζίλι. Τα μάτια του Σκορτς έλαμψαν από μια ανησυχητική αποφασιστικότητα.

Scorch: (χαμογελώντας) «Cletus, ήσουν πάντα ο περίεργος, έτσι δεν είναι; Εξερευνώντας νέα σύνορα, επινοώντας αυτά τα συναρπαστικά τεχνάσματα. Είναι κρίμα, πραγματικά, που γύρισες την πλάτη στο δικό σου είδος».

Κλέτους: (προκλητικός) «Γύρισα την πλάτη μου στην καταστροφή, Σκορτς. Δεν είναι αυτός ο τρόπος. Η Γη είναι ένα θαύμα, ένας πλανήτης γεμάτος ζωή, και οι άνθρωποι... είναι ένα απίστευτο είδος. Τους αξίζει να ευδοκιμήσουν».

Scorch: (χαμογελώντας) «Έχεις γίνει συναισθηματικός, Κλέτους. Το συναίσθημα δεν έχει θέση στην αποστολή μας. Η Γη είναι απλώς ένας άλλος πόρος, ένα άλλο κομμάτι του παζλ. Πρέπει να διασφαλίσουμε την κυριαρχία των ανθρώπων μας και αυτό σημαίνει να αξιοποιήσουμε τη δύναμη αυτού του πλανήτη».

Κλέτους: (αποφασισμένος) «Δεν θα είμαι μέρος αυτού. Μπορεί να με συνέλαβες, αλλά δεν θα σπάσεις την αποφασιστικότητά μου. Το έχω βεβαιώσει». Το μέτωπο του Σκορτς έσμιξε από καχυποψία. Έσκυψε πιο κοντά στον Κλέτους.

Scorch: «Τι λες; Τι έχεις κάνει;"

Τα μάτια του Κλέτους έλαμπαν με μια σπίθα πονηριάς.

Cletus: "Έχω τροποποιήσει το USD Machine, Scorch. Έχω κρύψει τα δεδομένα για τη Γη και μόνο μια ομάδα πέντε ατόμων με συγκεκριμένα σημάδια μπορεί να έχει πρόσβαση σε αυτά».

Scorch: (θυμωμένος) «Βλάκα! Νομίζεις ότι οι ασήμαντες διασφαλίσεις σου θα με σταματήσουν;»

Κλέτους: (χαμογελώντας) «Δεν είναι να σε σταματήσω, Σκορτς. Πρόκειται για τη διασφάλιση της προστασίας των μυστικών της Γης. Δεν θα μπορέσετε να ελέγξετε το πεπρωμένο του όσο εκείνοι που το εκτιμούν πραγματικά μπορούν να σταθούν εμπόδιο στο δρόμο σας».

Ο Σκορτς βούλιαξε από απογοήτευση, αλλά ήξερε ότι ο Κλέτους τον είχε ξεπεράσει. Η μάχη για τον έλεγχο της Γης είχε πάρει μια απροσδόκητη τροπή και η μοίρα του πλανήτη εξαρτιόταν τώρα από τη συγκέντρωση εκείνων με τα μοναδικά σημάδια, όπως είχε σχεδιάσει ο Κλέτος.

Ο Δρ. Σκορτς, με το πρόσωπό του στριμωγμένο από θυμό και αποφασιστικότητα, έκανε τον Κλέτους ανίκανο. Δεν ήθελε απλώς να τον φιμώσει. ήθελε να διασφαλίσει ότι δεν υπήρχε περίπτωση να παρέμβει ξανά ο Κλέτους στα σχέδιά του.

Με ένα κύμα του χεριού του, ο Scorch ενεργοποίησε μια σειρά προηγμένων εξωγήινων όπλων που εξέπεμπαν ένα αστραφτερό ενεργειακό πεδίο. Αυτά τα όπλα σχεδιάστηκαν για να χειραγωγούν την ίδια την ουσία της ψυχής ενός όντος.

Scorch: (με δυσοίωνο τόνο) «Κλήτου, έγινες εμπόδιο στον νόμιμο έλεγχο της Γης. Δεν θα επιτρέψω να επιμείνει η περιφρόνησή σας».

Ο Κλέτους, τώρα ανίκανος να κινηθεί ή να μιλήσει, παρακολουθούσε με ανήμπορη φρίκη καθώς το ενεργειακό πεδίο τον περιέβαλλε, τυλίγοντας σταδιακά τη μορφή του. Τα κάποτε προκλητικά μάτια του γέμισαν φόβο καθώς η διαδικασία συνεχιζόταν.

Τα υποκείμενα του Scorch κινήθηκαν γρήγορα στη δράση, μεταφέροντας τον Cletus σε έναν εξειδικευμένο θάλαμο συγκράτησης, μια διαφανή δεξαμενή γεμάτη με ένα απόκοσμο, ημιδιαφανές χώμα. Το τανκ σχεδιάστηκε για να περιορίζει κάθε προσπάθεια διαφυγής ή επικοινωνίας με τον έξω κόσμο. Scorch: (απευθυνόμενος στους οπαδούς του) «Θυμηθείτε, δεν μπορούμε να επιτρέψουμε σε κανέναν και τίποτα να σταθεί εμπόδιο στο δρόμο μας. Αυτό αφορά το μέλλον του είδους μας και την κυριαρχία μας στη Γη. Αν κάποιος αντιτίθεται στην αποστολή μας, εξοντώστε τον».

Η ανακοίνωση του Scorch προκάλεσε σοκ στις εξωγήινες δυνάμεις του. Είχαν τώρα αυστηρές εντολές να εξαλείψουν κάθε αντιπολίτευση, όποια κι αν ήταν.

Καθώς η ιστορία εκτυλίσσονταν, η λαβή του Scorch στην εξουσία έσφιγγε και η κάποτε μυστική αποστολή για τον έλεγχο της Γης έγινε όλο και πιο αδίστακτη. Η μοίρα της Γης και των κατοίκων της κρέμονταν στην ισορροπία και μια αίσθηση επείγοντος διαπέρασε την αφήγηση καθώς το αδίστακτο καθεστώς του

Σκορτς προχωρούσε με τα επικίνδυνα σχέδιά του.

Καθώς ο Δρ. Σκορτς στεκόταν στον γκρεμό της υλοποίησης του ονείρου του να ελέγχει τη Γη, συνέβη μια σημαντική αλλαγή. Ετοιμάστηκε να κάνει τη μεγαλειώδη είσοδό του, περιμένοντας να βρει τη Γη ώριμη για λήψη, αλλά αυτό που συνάντησε ήταν πέρα από την πιο τρελή φαντασία του.

Προς έκπληξή του, οι άνθρωποι όχι μόνο είχαν επιστρέψει στην κανονική τους κατάσταση, αλλά είχαν ανακτήσει τη σοφία και την ενότητά τους, παρόμοια με τους προγόνους τους. Αυτή η μεταμόρφωση ήταν μια συλλογική προσπάθεια, μια απόδειξη της ανθεκτικότητας του ανθρώπινου πνεύματος. Σε όλο τον κόσμο, υπήρχε μια βαθιά αίσθηση ευγνωμοσύνης καθώς κάθε άτομο γιόρταζε την ανακτημένη ελευθερία του. Η ομάδα που αποτελείται από τους Broad, Ken, Eoan, Rithi, Aplade, Tyro και Hubris χάρηκαν με την επιτυχία τους. Όχι μόνο είχαν εξασφαλίσει τη δική τους ελευθερία αλλά είχαν σώσει και ολόκληρο τον πλανήτη από τα κακόβουλα σχέδια του Δρ. Σκορτς.

Ένας από τους βοηθούς του Σκορτς, έχοντας επίγνωση της μνημειώδους αλλαγής προς όφελος της ανθρωπότητας, μετέδωσε τα συγκλονιστικά νέα στον άρχοντα του.

Βοηθός: (με τρόμο) «Είναι σχεδόν αδύνατο να πολεμήσεις τους ανθρώπους τώρα. Όχι μόνο έχουν ανακτήσει την τεχνολογική τους ικανότητα, αλλά έχουν βρει την ενότητα μεταξύ τους».

Ο Δρ Σκορτς, αν και αιφνιδιασμένος, αρνήθηκε να δεχτεί την ήττα. Η αδυσώπητη φιλοδοξία του τον ώθησε να συνεχίσει τα σχέδιά του, ακόμα κι αν αυτό σήμαινε να καταφύγει σε ύπουλες μεθόδους.

Scorch: (αποφασιστική) «Δεν έχει τελειώσει ακόμα. Έχω σπείρει τους σπόρους της αρνητικότητας στο μυαλό τους. Ενώ μπορεί να φαίνονται ενωμένοι και καλοί τώρα, αυτοί οι σκοτεινοί

οι παρορμήσεις θα επανέρχονται στην επιφάνεια από καιρό σε καιρό».

Για να δείξει την άποψη του, ο Scorch αποκάλυψε μια ασυνήθιστη συσκευή, τον «εμβρυονικό αναλυτή». Αυτό το μηχάνημα είχε δύο στήλες, η μία σε πράσινο και η άλλη σε κόκκινο. Η πράσινη στήλη γέμιζε με κάθε καλή πράξη που έκανε ένας άνθρωπος, ενώ η κόκκινη γέμιζε με κάθε κακή πράξη.

Scorch: «Μπορεί να κάνουν καλά πράγματα, αλλά εξακολουθούν να μαστίζονται από τις αρνητικές τους τάσεις. Αν το κόκκινο φτάσει στα όριά του, η ανθρώπινη ενότητα θα καταρρεύσει και η ύπαρξή τους θα είναι σε κίνδυνο».

Με αυτή την προαισθανόμενη δήλωση, η μάχη για το πεπρωμένο της Γης συνεχίστηκε και η γραμμή μεταξύ νίκης και ήττας παρέμενε επικίνδυνα λεπτή. Το συμπέρασμα της ιστορίας δεν ήταν καθόλου βέβαιο και η μοίρα της ανθρωπότητας βρισκόταν στην κόψη του μαχαιριού.

Εν μέσω της μεγάλης μάχης μεταξύ του Δρ. Σκορτς και των αποφασιστικών ανθρώπων, ο κύριος Κλέτους είχε ένα δικό του μυστικό όπλο. Ήταν μια εφεύρεση που του επέτρεψε να μεταδίδει τις σκέψεις, τις ιδέες και τα κρίσιμα δεδομένα του ως περίπλοκα μοτίβα και συχνότητες. Αυτή η τεχνολογία ήταν η τελευταία του ελπίδα για να προστατεύσει τις ανεκτίμητες πληροφορίες για τα μυστικά της Γης, καθώς ο Scorch είχε πάρει στην κατοχή του το USD Machine του.

Ωστόσο, υπήρχε μια κρίσιμη πρόκληση - μόνο το μηχάνημα Scorch που τώρα ελεγχόταν μπορούσε να αποκωδικοποιήσει αυτά τα περίπλοκα μοτίβα. Ήταν ένα υψηλού πονταρίσματος παιχνίδι γάτας με ποντίκι μεταξύ των δύο πρώην συμμάχων, με το μέλλον της Γης να κρέμεται στην ισορροπία.

Οι πιστοί φίλοι του Cletus, που είχαν καταφέρει να ξεφύγουν από τα νύχια του Scorch, ξεκίνησαν ένα τολμηρό δικό τους ταξίδι. Με την ικανότητα να αναπνέουν κάτω από το νερό, βυθίστηκαν στα βάθη του ωκεανού, μακριά από την απειλητική βάση του Scorch. Εκεί, στη μυστηριώδη άβυσσο, εργάστηκαν ακούραστα για να δημιουργήσουν μια κρυφή βάση εξωγήινων.

Αυτό το υποβρύχιο καταφύγιο, κρυμμένο στα πιο σκοτεινά σημεία του ωκεανού, θα χρησίμευε ως ασφαλές καταφύγιο για όσους αντιτάχθηκαν στα κακόβουλα σχέδια του Scorch. Η βάση ήταν εξοπλισμένη με προηγμένη τεχνολογία και φύλαγε μυστικά που θα βοηθούσαν τελικά στη μάχη ενάντια στην τυραννία του Σκορτς.

Εν τω μεταξύ, ο Bubba και ο Tyro, επιδιώκοντας τη δική τους αποστολή, κατέβηκαν βαθιά στον ωκεανό. Χωρίς να το γνωρίζουν, βρίσκονταν σε ένα ταξίδι που θα τους έφερνε στην εξωγήινη βάση, ένα καταφύγιο γνώσης και ελπίδας κρυμμένο κάτω από τα κύματα.

Το ταξίδι τους δεν ήταν απλώς σωματικό. ήταν ένα ταξίδι στην καρδιά των μυστηρίων της Γης. Τα βάθη των ωκεανών κρατούσαν τα δικά τους μυστικά, και ο κόσμος των βαθέων υδάτων ήταν ένα βασίλειο θαύματος, τυλιγμένο σε μυστήριο. Η αναζήτηση του Bubba και του Tyro θα τους οδηγήσει σε αποκαλύψεις για την κρυμμένη ιστορία της Γης και τους εξαιρετικούς υπερασπιστές της. Καθώς έμπαιναν βαθύτερα στην άβυσσο, τραβήχτηκαν εν αγνοία τους προς τη βάση των εξωγήινων, όπου οι δυνάμεις του καλού συγκεντρώνονταν προετοιμασμένες για μια τελική στάση ενάντια στον Δρ. Σκορτς. Η σκηνή είχε στηθεί για μια μεγάλη αναμέτρηση κάτω από τα κύματα, όπου η μοίρα της Γης θα αποφασιζόταν μια για πάντα.

Στην ιστορία που εκτυλίσσεται, προέκυψε μια ενδιαφέρουσα και κρίσιμη λεπτομέρεια: η έντονη αντίθεση στη διάρκεια ζωής μεταξύ ανθρώπων και εξωγήινων. Αυτό το μοναδικό χαρακτηριστικό θα γινόταν καθοριστικός παράγοντας στην αφήγηση, δημιουργώντας ένα σημαντικό χάσμα ηλικίας και εμπειρίας μεταξύ των δύο ειδών. Για τους ανθρώπους, η ζωή στη Γη ήταν σύντομη και φευγαλέα, με μέση διάρκεια ζωής περίπου 70 έως 100 χρόνια. Ένας άνθρωπος θα μπορούσε να ζήσει έναν αιώνα στην καλύτερη περίπτωση, και η ζωή του σημαδεύτηκε από το γρήγορο πέρασμα του χρόνου.

Σε πλήρη αντίθεση, οι εξωγήινοι είχαν το εξαιρετικό χάρισμα της μακροζωίας. Ένας απλός εξωγήινος 10 ετών θα μπορούσε να ισοδυναμεί με έναν άνθρωπο 100 ετών. Αυτή η έντονη διαφορά στη διάρκεια ζωής δημιούργησε βαθιές διαφορές στην προοπτική και την εμπειρία. Οι εξωγήινοι παρατηρούσαν τον κόσμο με αιώνες συσσωρευμένης σοφίας, ενώ οι άνθρωποι βίωσαν τη ζωή με το επείγον μιας φευγαλέας στιγμής.

Αυτή η απόκλιση στην αντίληψη του χρόνου και της αξίας κάθε στιγμής θα έπαιζε σημαντικό ρόλο στα εξελισσόμενα γεγονότα. Η πανάρχαια σοφία των εξωγήινων, μετριασμένη από αιώνες εμπειρίας, θα αντιπαρατεθεί με τη ζωντάνια και την ανθεκτικότητα της ανθρωπότητας, με την αποφασιστικότητά τους να προστατεύσουν τον κόσμο τους.

Η ιστορία θα συνεχίσει να εξερευνά τις συνέπειες αυτού του χάσματος ηλικίας, εξετάζοντας πώς επηρέασε τις αποφάσεις, τις προοπτικές και την ικανότητα προσαρμογής στις διαρκώς μεταβαλλόμενες προκλήσεις που περιμένουν. Η αντιπαράθεση της ανθρώπινης παροδικότητας και της εξωγήινης μακροζωίας θα πρόσθετε βάθος και πολυπλοκότητα στην αφήγηση, ρίχνοντας φως στις αντίθετες δυνάμεις και ευπάθειες των δύο ειδών.

Το έκτο κεφάλαιο - "ΦΩΤΑ ΣΤΑ ΒΑΘΙΑ"

Καθώς το υποβρύχιο γλιστρούσε στα σιωπηλά βάθη του ωκεανού, ο Bubba δεν μπορούσε παρά να παρατηρήσει ένα μαγευτικό θέαμα στο βάθος. Χτύπησε τον ώμο του Tyro και έδειξε προς την αιθέρια λάμψη των χρωμάτων νέον που χόρευαν μέσα στο σκοτάδι.

«Τάιρο, ποιο είναι αυτό το όμορφο μέρος εκεί πέρα;» ρώτησε ο Μπούμπα και η φωνή του γέμισε απορία.

Ο Tyro κοίταξε μέσα από το παράθυρο του υποβρυχίου, ακολουθώντας το τεντωμένο δάχτυλο του Bubba στο φωτισμένο θέαμα. Ένα συνειδητό χαμόγελο έπαιξε στα χείλη του. «Αυτή, φίλε μου, είναι η Βάση Εξωγήινων. Δεν μοιάζει με κανένα άλλο μέρος στη Γη».

Τα μάτια του Μπάμπα άνοιξαν διάπλατα καθώς εξήγησε ο Τάιρο. «Βλέπετε, οι εξωγήινοι μπορούν να αναπνεύσουν υποβρύχια το ίδιο εύκολα όσο και στην ξηρά. Δημιούργησαν μια τεράστια φυσαλίδα αέρα κάτω από μια κολοσσιαία δομή βράχου. Αυτή η βάση τους δίνει ένα μοναδικό πλεονέκτημα, επιτρέποντάς τους να αξιοποιήσουν τους πόρους τόσο του ωκεανού όσο και της ξηράς».

Καθώς πλησίαζαν στη βάση, η κλίμακα της επιχείρησης έγινε εμφανής. Ο σχηματισμός βράχου φαινόταν σχεδόν σαν ένα φυσικό νησί, καμουφλάροντας την προηγμένη τεχνολογία που βρισκόταν κρυμμένη από κάτω. Τα φώτα νέον δεν ήταν μόνο για αισθητική. χρησίμευαν ως φάρος για να σηματοδοτήσουν τη θέση αυτού του εξαιρετικού υποθαλάσσιου καταφυγίου.

Ο Tyro συνέχισε, «Αυτό είναι το μοναδικό μέρος στη Γη που θα μπορούσε δυνητικά να σταθεί ενάντια στον Dr. Scorch και σε κάθε πόλεμο που μπορεί να προκύψει μεταξύ ανθρώπων και εξωγήινων. Η συγχώνευση χερσαίων και θαλάσσιων πόρων το καθιστά ένα τρομερό οχυρό».

Ο Μπούμπα έγνεψε καταφατικά, συνειδητοποιώντας τη στρατηγική σημασία της Βάσης Εξωγήινων. Καθώς πλησίαζαν στην είσοδο, δεν μπορούσε παρά να νιώσει ένα μείγμα ενθουσιασμού και τρόμου. Ποια μυστικά και τι προκλήσεις τους περίμεναν σε αυτό το αινιγματικό μέρος;

Το υποβρύχιο κατέβηκε στη φυσαλίδα αέρα και αποβιβάστηκαν, χαιρετιζόμενοι από εξωγήινα πλάσματα που έκαναν τις δουλειές τους. Ο σουρεαλιστικός συνδυασμός της υδρόβιας και της επίγειας ζωής ήταν απόδειξη της εφευρετικότητας αυτών των όντων. Ο Μπάμπα και ο Τάιρο επρόκειτο να ξεκινήσουν ένα ταξίδι που όχι μόνο θα αποκάλυπτε τα μυστήρια της Βάσης των Εξωγήινων αλλά θα κρατούσε και το κλειδί για το μέλλον της ανθρωπότητας.

Με κάθε βήμα που έκαναν σε αυτόν τον αξιόλογο υποβρύχιο κόσμο, ο Bubba και ο Tyro ένιωθαν το βάρος της αποστολής τους και την ευθύνη που συνεπαγόταν. Η μοίρα της Γης και των κατοίκων της στηρίχτηκε τώρα στους ώμους τους, καθώς έμπαιναν βαθύτερα στα φώτα στα βαθιά.

Μέσα στη βάση των εξωγήινων, ο Bubba και ο Tyro αποβιβάστηκαν από το υποβρύχιο τους και περικυκλώθηκαν αμέσως από παράξενα πλάσματα που μοιάζουν με εξωγήινους. Τα πλάσματα είχαν έναν αέρα οικειότητας μαζί τους, κάτι που προκάλεσε σύγχυση στον Μπούμπα. Δεν είχε ξαναπάει ποτέ σε αυτό το μέρος, οπότε πώς φαινόταν να τον γνώριζαν;

Καθώς ο Μπούμπα παρατηρούσε τα πλάσματα πιο προσεκτικά, παρατήρησε κάποιες περίεργες οθόνες στους τοίχους. Αυτές οι οθόνες έδειχναν εικόνες της μητέρας του, Nerissa, σε μια μακρινή τοποθεσία, την τρέχουσα κατάσταση της υγείας της, ακόμα και αυτό που φαινόταν να είναι ζωντανό υλικό της. Σε μια οθόνη, είδε τον πατέρα του, μαζί με άλλους συγγενείς, να παίζει με μια νεότερη εκδοχή του εαυτού του. Ήταν σαν να κατασκόπευαν αυτόν και την οικογένειά του για πολύ καιρό.

Ο Μπάμπα δεν πίστευε στα μάτια του. "Πώς είναι αυτό δυνατόν;" μουρμούρισε, νιώθοντας ένα κύμα σοκ και σύγχυση. Γύρισε στον Τάιρο, ο οποίος είχε μια σοβαρή έκφραση στο πρόσωπό του.

Ο Tyro έκανε νόημα στον Bubba να τον ακολουθήσει καθώς τα εξωγήινα πλάσματα τα οδήγησαν βαθύτερα σε μια δομή σαν σπηλιά μέσα στη βάση. Ο Μπούμπα είχε ένα εκατομμύριο ερωτήσεις στο μυαλό του, αλλά δεν μπορούσε να εκφράσει ούτε μία. Η σουρεαλιστική φύση της κατάστασης τον άφησε άναυδο.

Καθώς έμπαιναν στο σπήλαιο, τα τείχη έμοιαζαν να ζωντανεύουν με ολογραφικές προβολές, εμφανίζοντας την ιστορία των αλληλεπιδράσεών τους με την οικογένεια του Bubba όλα αυτά τα χρόνια. Οι εξωγήινοι παρακολουθούσαν και μελετούσαν τον Μπούμπα και την οικογένειά του για γενιές και είχαν βαθιά κατανόηση της ανθρώπινης συμπεριφοράς και της βιολογίας.

Το σοκ του Μπούμπα άρχισε να μεταμορφώνεται σε ένα μείγμα περιέργειας και φόβου. Ποιος ήταν ο σκοπός αυτής της παρακολούθησης; Γιατί ενδιαφέρθηκαν τόσο πολύ για την οικογένειά του και τι ήθελαν από αυτόν τώρα; Με κάθε βήμα βαθύτερα στη βάση των εξωγήινων, τα μυστήρια και οι ερωτήσεις μεγάλωναν και ο Bubba ήταν αποφασισμένος να βρει απαντήσεις.

Ο Bubba παρακολούθησε την ολογραφική οθόνη, εντελώς απορροφημένος στη σαγηνευτική ιστορία που εκτυλίσσονταν μπροστά του. Η προβολή διηγήθηκε την ιστορία ενός ταξιδιώτη στο διάστημα, του κ. Κλέτους, ο οποίος είχε προσγειωθεί σε έναν νέο πλανήτη, τη Γη. Καθώς βγήκε από το διαστημόπλοιό του και άγγιξε την επιφάνεια του εξωγήινου πλανήτη, μια αίσθηση θαυμασμού και ενθουσιασμού τον γέμισε.

Η οθόνη απεικόνιζε έντονα την εμπειρία του κ. Κλέτους από τη βαρύτητα της Γης, τη γοητεία του με τον άγνωστο κόσμο και τις αρχικές του συναντήσεις με τους κατοίκους του πλανήτη. Ο

Μπούμπα δεν μπορούσε να μην νιώσει μια αίσθηση σύνδεσης με το ταξίδι αυτού του ξένου, παρόλο που έλαβε χώρα στο μακρινό παρελθόν.

Καθώς το ολόγραμμα συνεχιζόταν, ο Μπούμπα είδε τον κύριο Κλέτους να παρατηρεί τα πλάσματα της Γης, συμπεριλαμβανομένων των ανθρώπων, από απόσταση. Η οθόνη έδειξε το μείγμα της περιέργειας και του τρόμου του κυρίου Κλέτους καθώς κρυβόταν πίσω από ένα δέντρο, επιθυμώντας να μάθει περισσότερα για αυτά

ανθρώπινα όντα.

Η περιέργεια του Μπούμπα μεγάλωνε καθώς συνέχιζε να παρακολουθεί την ολογραφική ιστορία. Κάτι στο πίσω μέρος του μυαλού του ένιωθε παράξενα οικείο, αλλά δεν μπορούσε να το τοποθετήσει. Δεν ήξερε ότι οι ρίζες αυτής της σύνδεσης ήταν πολύ βαθύτερες από ό,τι μπορούσε να φανταστεί.

Στη συνέχεια, το ολόγραμμα παρουσίαζε λεπτομερώς τις προσπάθειες του κ. Κλέτους να συλλέξει δείγματα από ανθρώπινα σώματα για τα πειράματά του. Αυτό που ο Bubba δεν ήξερε ακόμη ήταν ότι το πρώτο ανθρώπινο δείγμα που συλλέχθηκε ποτέ ήταν αυτό των παππούδων του. Ο κύριος Κλέτους είχε δείξει έντονο ενδιαφέρον για την οικογένεια του Μπούμπα και συνέχισε να την παρακολουθεί για σχεδόν 30 γήινα χρόνια, που ήταν μόνο λίγοι μήνες για τον κύριο Κλέτους και τους φίλους του.

Εν αγνοία του Μπούμπα, ο Τάιρο, που μόλις πριν από λίγο είχε φύγει για να ασχοληθεί με ένα επείγον ζήτημα, ήταν ο γιος του κυρίου Κλέτους. Είχε αναλάβει το καθήκον να παρακολουθεί τον Μπούμπα και την οικογένειά του, διασφαλίζοντας ότι θα παραμείνουν ασφαλείς και υγιείς. Η σύνδεσή τους με την ανθρωπότητα ήταν βαθιά. Καθώς ο Μπούμπα παρατηρούσε την ολογραφική ιστορία, ένα παράξενο εξωγήινο πλάσμα τον πλησίασε. Το πλάσμα έμοιαζε εντυπωσιακά με τον Τάιρο, ωστόσο ήταν αρκετά διαφορετικό ώστε να αποφύγει την αναγνώριση. Μιλούσε χαλαρά στον Μπούμπα, ο οποίος δεν μπορούσε να διακρίνει την πραγματική του ταυτότητα.

Μόνο μετά από λίγες στιγμές ξημέρωσε η συνειδητοποίηση στον Μπούμπα και κοίταξε έκπληκτος. "Πρωτόπειρος; Είσαι πραγματικά εσύ;» ρώτησε με τα μάτια του ανοιχτά από έκπληξη.

Ο Tyro, με την εξωγήινη μορφή του, έγνεψε καταφατικά. «Ναι, Μπάμπη. Μπορώ να μεταμορφωθώ σε όποια μορφή επιλέξω. Είναι μέρος των δυνατοτήτων μας».

Ο Μπούμπα έμεινε έκπληκτος από την αποκάλυψη. Ο περίπλοκος ιστός των συνδέσεων και η βαθιά ιστορία μεταξύ των εξωγήινων και της οικογένειάς του τον άφησαν με δέος. Τα μυστήρια γύρω από αυτό το μέρος, η δική του κληρονομιά και ο ρόλος που επρόκειτο να παίξει σε αυτά τα γεγονότα που εκτυλίσσονταν είχαν γίνει ακόμη πιο περίπλοκα και ενδιαφέροντα.

Καθώς ο Μπούμπα περνούσε από τη Βάση Εξωγήινων, με οδηγό τον Τάιρο, η έκπληξή του συνέχιζε να μεγαλώνει. Η βάση ήταν ένας κόμβος δραστηριότητας, με ανθρώπους και εξωγήινους να συνεργάζονται αρμονικά. Ήταν εδώ που οι κάτοικοι της Γης λάμβαναν εκπαίδευση και γνώση από εξωγήινους συμμάχους τους για να προχωρήσουν και να προστατεύσουν τον πλανήτη.

Ο Μπάμπα δεν μπορούσε να πιστέψει αυτό που έβλεπε. Οι άνθρωποι στη βάση περνούσαν από διάφορες μορφές εκπαίδευσης, μαθαίνοντας από τους εξωγήινους ομολόγους τους. Οι σκηνές ήταν απόδειξη της συλλογικής προσπάθειας για την προστασία της Γης. Όχι μόνο προετοιμάζονταν οι άνθρωποι, αλλά ακόμη και τα θαλάσσια πλάσματα, από τα πιο μικροσκοπικά έως τα μεγαλύτερα, λάμβαναν οδηγίες.

Καθώς ο Bubba παρατήρησε μια ομάδα ανθρώπων που συνεργαζόταν με δελφίνια, δεν μπορούσε να μην τα πλησιάσει. Τα δελφίνια φαινόταν να καταλαβαίνουν τις ανθρώπινες χειρονομίες και εντολές, δουλεύοντας μαζί σε τέλεια αρμονία. Ο Bubba άνοιξε μια συνομιλία με έναν από τους ανθρώπους που συμμετείχαν σε αυτό το μοναδικό πρόγραμμα εκπαίδευσης.

«Ουάου», αναφώνησε ο Μπούμπα, «αυτό είναι απίστευτο! Δεν φανταζόμουν ποτέ ότι θα μπορούσαμε να επικοινωνήσουμε με δελφίνια έτσι. Πώς λειτουργεί?"

Ο άνθρωπος, μια θαλάσσια βιολόγος ονόματι Σάρα, χαμογέλασε και απάντησε: «Είναι ένα μείγμα τεχνολογίας και κατανόησης της θαλάσσιας ζωής από τους εξωγήινους. Χρησιμοποιούμε συσκευές που βοηθούν στη μετάφραση των σημάτων μας σε κάτι που μπορούν να καταλάβουν τα δελφίνια. Με την ευφυΐα και τη συνεργασία τους, σημειώνουμε εκπληκτική πρόοδο στη γεφύρωση του χάσματος μεταξύ του είδους μας».

Η Μπάμπα έγνεψε με δέος. Ήταν προφανές ότι αυτή η συνεργασία δεν ήταν μόνο ωφέλιμη για την άμυνα της Γης αλλά και για την ενίσχυση μιας βαθύτερης σύνδεσης μεταξύ των ανθρώπων και των πλασμάτων με τα οποία μοιράζονταν τον πλανήτη.

Καθώς συνέχιζαν την περιοδεία τους, ο Bubba δεν μπορούσε παρά να νιώσει μια βαθιά αίσθηση ελπίδας και αισιοδοξίας. Η βάση αποτελούσε απόδειξη της δύναμης της συνεργασίας και της ανταλλαγής γνώσεων και η δουλειά που γινόταν εδώ ήταν φάρος προόδου και προετοιμασίας για το μέλλον.

Ο Μπούμπα γύρισε στον Τάιρο, ο οποίος παρακολουθούσε σιωπηλά τη σκηνή. «Είναι καταπληκτικό, Τάιρο. Μα γιατί με έφερες εδώ; Ποιος είναι ο ρόλος μου σε όλο αυτό;»

Ο Τάιρο κοίταξε τον Μπάμπα με βλέμμα συνειδητοποιημένο. «Σε φέραμε εδώ, Μπούμπα, γιατί είσαι μια γέφυρα ανάμεσα στους δύο κόσμους μας. Η μοναδική σας σχέση με την ανθρωπότητα και η ευφυΐα σας σας καθιστούν ζωτικό μέρος των προσπαθειών μας για την προστασία της Γης. Υπάρχει ένας ρόλος που μόνο εσύ μπορείς να παίξεις και ήρθε η ώρα να αρχίσουμε να σε προετοιμάζουμε για αυτόν».

Τα μάτια του Μπούμπα άνοιξαν διάπλατα καθώς πλησίασε μια ομάδα ανθρώπων που ασχολούνταν με την εκπαίδευση υπέροχων υδάτινων δράκων και φαλαινών. Ένας από τους εκπαιδευτές, μια γυναίκα με ζεστή και ευγενική συμπεριφορά, παρατήρησε την περιέργεια του Μπούμπα και τον καλωσόρισε με ένα χαμόγελο. Το όνομά της ήταν Δρ Olivia Finch, μια θαλάσσια βιολόγος αφοσιωμένη στην κατανόηση της περίπλοκης σχέσης μεταξύ των ανθρώπων και αυτών των μεγαλοπρεπών θαλάσσιων πλασμάτων.

Ο Μπούμπα δεν μπορούσε να συγκρατήσει την απορία και τον ενθουσιασμό του. «Δόκτωρ Φιντς, αυτό είναι εκπληκτικό! Δεν έχω δει ποτέ ανθρώπους και θαλάσσια πλάσματα να συνεργάζονται έτσι. Πώς καταλήξατε εδώ σε αυτό το αξιόλογο μέρος;»

Τα μάτια της γιατρού Φινς άστραψαν καθώς μοιράστηκε την ιστορία της. «Είναι πολύ ταξίδι, Μπάμπη. Όλα ξεκίνησαν όταν ο Dr. Scorch ξεκίνησε την Universal Scamodification Device. Πολλοί άνθρωποι, συμπεριλαμβανομένου και εμένα, επηρεάστηκαν από αυτό. Αλλά κάποιους από εμάς, καταφέραμε να τους βρούμε ένας τρόπος να αντισταθείς στις πλήρεις επιπτώσεις του».

Ο Μπάμπα έσμιξε το μέτωπό του. "Αντιστέκομαι; Πως;"

Η Δρ Φιντς έγειρε μέσα, με τη φωνή της γεμάτη αποφασιστικότητα. «Ανακαλύψαμε ότι αγκαλιάζοντας τη γνώση και τη βοήθεια των εξωγήινων φίλων μας, μπορούσαμε να ενισχύσουμε την αντίστασή μας στη συσκευή Scamodification. Μας παρείχαν προηγμένες τεχνικές και θεραπείες για να αντιμετωπίσουμε τις επιπτώσεις του».

Η περιέργεια του Μπάμπα βάθυνε. «Λοιπόν, γι' αυτό είσαι εδώ. Βρήκατε έναν τρόπο να προστατεύσετε τον εαυτό σας από τις συσκευές του Dr. Scorch».

Ο γιατρός Φιντς έγνεψε καταφατικά. "Ακριβώς. Έχουμε γίνει ένα προπύργιο αντίστασης, ένα μέρος όπου μπορούμε να προετοιμάσουμε τον εαυτό μας και τους άλλους για τις προκλήσεις που έρχονται. Η συμμαχία μας με τους εξωγήινους ήταν ανεκτίμητη σε αυτή την προσπάθεια. Και τώρα, είσαι μέρος του, Μπάμπη. Εσείς κρατάτε το κλειδί για ακόμα μεγαλύτερες δυνατότητες».

Ο Μπούμπα έμεινε έκπληκτος από τις αποκαλύψεις. Ήταν ξεκάθαρο ότι η Βάση Εξωγήινων δεν ήταν μόνο ένα καταφύγιο αλλά και ένα κέντρο αντίστασης ενάντια στην καταπιεστική τεχνολογία του Δρ. Scorch. Οι άνθρωποι εδώ είχαν βρει έναν τρόπο να προστατεύονται και ο ρόλος του Μπούμπα σε αυτό το μεγάλο σχέδιο γινόταν πιο ξεκάθαρος.

Με νέο σκοπό και αποφασιστικότητα, ο Bubba συνειδητοποίησε ότι το ταξίδι του δεν αφορούσε μόνο την επιβίωση, αλλά το να ηγηθεί της κατηγορίας ενάντια στην επικείμενη απειλή. Γύρισε στον Tyro, έτοιμος να αγκαλιάσει τον ρόλο του σε αυτόν τον επικό αγώνα για την προστασία της ανθρωπότητας και της Γης.

Το μυαλό του Μπούμπα έτρεξε καθώς θυμόταν τα γεγονότα που τον είχαν οδηγήσει σε αυτή τη στιγμή. Η ενεργοποίηση του υπολογιστή στο Broad's Lab, η απενεργοποίηση της μηχανής USD και η επακόλουθη εξαφάνιση των επιπτώσεών του στους ανθρώπους είχαν επιφέρει ένα σημείο καμπής. Οι αναμνήσεις της προηγούμενης ταυτότητάς του ως Hubris και της σύνδεσής του με την αποστολή που αφορούσε τις Μαύρες Κουκίδες επανήλθαν.

Αλλά υπήρχε κάτι πιο πιεστικό στο μυαλό του Μπούμπα. Είχε μια επείγουσα επιθυμία να βρει τον Κλέτο. Ο αινιγματικός επιστήμονας είχε παίξει καθοριστικό ρόλο στη μεταμόρφωσή του από Hubris σε Bubba και ο Bubba ένιωσε μια βαθιά σύνδεση μαζί του. Δεν μπορούσε να ταρακουνήσει την αίσθηση ότι ο Κλέτους μπορεί να βρισκόταν κάπου στη Βάση των Εξωγήινων.

Καθώς ο Μπούμπα συλλογιζόταν αυτές τις σκέψεις, ένα παράξενο έντομο προσγειώθηκε στο λαιμό του και του έδωσε ένα απότομο τσίμπημα. Στην αρχή τσακίστηκε από τον πόνο, αλλά μετά κατάλαβε ότι αυτή η μπουκιά είχε σκοπό. Με το τρίτο δάγκωμα, βίωσε μια ξαφνική ορμή αναμνήσεων που προηγουμένως του είχαν διαφύγει.

Οι αναμνήσεις όρμησαν σαν χείμαρρος, αποκαλύπτοντας τα κρυμμένα στρώματα του παρελθόντος του και τον ρόλο του ως Hubris. Θυμήθηκε τον ναό όπου είχε συναντήσει για πρώτη φορά τον Tyro, την περίπλοκη αποστολή που περιελάμβανε τις Μαύρες Κουκίδες και τη σημασία του εντοπισμού του Cletus.

Αποφασισμένος να βρει απαντήσεις και να επανασυνδεθεί με το παρελθόν του, ο Μπάμπα στράφηκε στον Τάιρο. «Τάιρο, πρέπει να βρω τον Κλέτους. Θυμάμαι τώρα, είναι ένα κρίσιμο μέρος σε όλο αυτό. Μπορείτε να με βοηθήσετε να τον εντοπίσω; Έχω ερωτήσεις που μόνο αυτός μπορεί να απαντήσει».

Ο Μπούμπα παρατήρησε τα συναισθήματα να αναβλύζουν στα μάτια του Τάιρο καθώς συζητούσαν να βρουν τον Κλέτους. Είδε μια βαθιά θλίψη μέσα στον φίλο του και δεν μπορούσε παρά να ρωτήσει απαλά: «Τάιρο, τι συμβαίνει; Φαίνεσαι πολύ συναισθηματικός με αυτό. Είναι εκεί

κάτι δεν μου λες;"

Ο Τάιρο αναστέναξε βαριά και άρχισε να μιλάει για τον πατέρα του. «Μπάμπα, μόλις μου θύμισες κάτι που προσπαθούσα να ξεχάσω. Ο πατέρας μου, ο Δρ Κλέτους, ήταν ένας λαμπρός επιστήμονας και είναι αυτός που ανακάλυψε τη σύνδεση μεταξύ του αόρατου χώματος στον σωλήνα και αυτής της Βάσης Εξωγήινων».

Ο Μπάμπα ένιωσε τον πόνο στη φωνή του Τάιρο και έβαλε ένα καθησυχαστικό χέρι στον ώμο του. «Είμαι εδώ για σένα, Τάιρο. Δεν χρειάζεται να το περάσετε μόνοι σας. Πες μου περισσότερα για τον πατέρα σου».

Ο Τάιρο συνέχισε, «Ο Δρ Σκορτς συνέλαβε τον πατέρα μου και τον κρατούσε υπό κράτηση για πολύ καιρό. Δεν είναι μόνο η φυλάκιση. Το Cletus χρησιμοποιείται για να χειριστεί το αόρατο χώμα, το οποίο, με τη σειρά του, συνδέεται με αυτή τη βάση. Είναι σε τρομερή κατάσταση, Μπούμπα. Υποφέρει χρόνια».

Ο Μπάμπα ένιωσε ένα μείγμα λύπης και αποφασιστικότητας. «Πρέπει να τον σώσουμε, Τάιρο. Δεν μπορούμε να αφήσουμε τον Δρ Σκορτς να συνεχίσει να χρησιμοποιεί τον πατέρα σου με αυτόν τον τρόπο. Σου υπόσχομαι, θα βρούμε τρόπο να τον ελευθερώσουμε».

Δάκρυα κύλησαν στα μάτια του Τάιρο καθώς κοίταξε τον Μπάμπα με ευγνωμοσύνη. «Ευχαριστώ, Μπάμπη. Είσαι αληθινός φίλος. Ας δουλέψουμε μαζί για να σώσουμε τον πατέρα μου και να αποκαλύψουμε την αλήθεια για την αποστολή Black Dots».

Καθώς μοιράζονταν αυτή την επίσημη στιγμή, ο Μπούμπα και ο Τάιρο δημιούργησαν έναν άρρηκτο δεσμό, αποφασισμένοι να σώσουν τον Δρ Κλέτους και να βάλουν τέλος στα βάσανα που προκλήθηκαν από τη σκληρή χειραγώγηση του Δρ. Σκορτς.

Ο συναγερμός στη Βάση Εξωγήινων χτύπησε δυνατά, με τον επείγοντα κλάμα να διαπερνά τον αέρα. Άνθρωποι και πλάσματα όλων των ειδών, άνθρωποι, θαλάσσια πλάσματα και εξωγήινοι, έτρεξαν προς την ακτή. Ο Bubba και ο Tyro συμμετείχαν στη βιασύνη του ενθουσιασμού και του άγχους, χωρίς να είναι απολύτως σίγουροι τι είχε πυροδοτήσει αυτό το σημαντικό γεγονός.

Καθώς έφτασαν στην ακτή, τα μάτια τους γέμισαν απορία και δάκρυα, καθώς αντίκρισαν το απίστευτο θέαμα μπροστά τους. Μια ομάδα ανθρώπων και εξωγήινων επέστρεφε από μια αποστολή και μαζί τους μετέφεραν τον πολύτιμο σωλήνα που κρατούσε τον Δρ Κλέτους. Ολόκληρη η βάση ξέσπασε σε χαρούμενες επευφημίες, χαρούμενες κραυγές και πληθωρικά χειροκροτήματα. Ήταν μια στιγμή ενότητας και γιορτής που ξεπέρασε τα όρια και τα είδη.

Ο Μπούμπα γύρισε στον Τάιρο, του οποίου τα μάτια έλαμπαν από συγκίνηση. «Τάιρο, αυτό είναι καταπληκτικό! Δείτε την ευτυχία στα πρόσωπα όλων. Ο πατέρας σου επιστρέφει, και όλα αυτά οφείλονται στη συνεργασία μεταξύ ανθρώπων και εξωγήινων».

Η φωνή του Tyro έτρεμε από συγκίνηση καθώς απάντησε: «Μπάμπα, δεν μπορώ να πιστέψω ότι συμβαίνει αυτό. Ο πατέρας μου, ο Κλέτος, υποφέρει τόσο καιρό. Είναι οι άνθρωποι εδώ, οι άνθρωποι και οι εξωγήινοι που εργάζονται μαζί, που κατέστησαν δυνατή αυτή τη διάσωση. Είναι αληθινοί ήρωες».

Η χαρά συνεχίστηκε γύρω τους καθώς η ομάδα πλησίαζε, κουβαλώντας το σωληνάριο που περιείχε τον Dr. Cletus. Με προσεκτική ακρίβεια και τη βοήθεια προηγμένης τεχνολογίας, ξεκίνησαν τη διαδικασία της αναβίωσής του. Ο Μπάμπα και ο Τάιρο παρακολουθούσαν με κομμένη την ανάσα, το βάρος της στιγμής να τους πίεζε.

Καθώς το σώμα του Cletus άρχισε να δείχνει σημάδια ζωής, ο Tyro δεν μπορούσε να συγκρατήσει τα δάκρυά του. Γύρισε στον Μπούμπα, η φωνή του έπνιγε από συγκίνηση. «Μπάμπα, αυτή είναι η μέρα που σκέφτηκα ότι μπορεί να μην την δω ποτέ. Ο πατέρας μου επιστρέφει κοντά μας. Σας ευχαριστώ που είστε εδώ μαζί μου σε όλο αυτό. Δεν μπορώ να εκφράσω πόσο πολύ σημαίνει για μένα».

Ο Μπάμπα χαμογέλασε μέσα από τα δικά του δάκρυα και έβαλε ένα χέρι στον ώμο του Τάιρο. «Τάιρο, είμαστε μαζί σε αυτό. Η επιστροφή του πατέρα σας είναι απόδειξη της δύναμης της συνεργασίας και της ανθεκτικότητας του ανθρώπινου πνεύματος. Ας είμαστε εκεί για να τον καλωσορίσουμε πίσω και να γιορτάσουμε αυτή την απίστευτη στιγμή».

Και καθώς ο Δρ Κλέτους πήρε την πρώτη του ανάσα μετά από χρόνια, η βάση αντήχησε από τις επευφημίες και το χειροκρότημα ανθρώπων, εξωγήινων και θαλάσσιων πλασμάτων. Ήταν μια στιγμή θριάμβου, σύμβολο ενότητας και υπενθύμιση ότι μαζί, μπορούσαν να ξεπεράσουν κάθε πρόκληση, όσο τρομερή κι αν ήταν.

Καθώς η ομάδα επέστρεφε στη βάση με τον ακόμα αναίσθητο Δρ. Κλέτους, η εορταστική ατμόσφαιρα ήταν απτή, αλλά απέμενε ένα κρίσιμο βήμα στη διαδικασία της αναβίωσής του. Ο σωλήνας που συγκρατούσε τον Cletus μπορούσε να ανοίξει μόνο με τη βοήθεια του Bubba και της Καρδιάς του ωκεανού.

κρύσταλλο που είχε κρατήσει προσεκτικά στην τσέπη του.

Ανάμεσα στις επευφημίες και τα χειροκροτήματα, ο Μπούμπα πήρε μια βαθιά ανάσα, με την καρδιά του να χτυπάει δυνατά από ανυπομονησία. Άπλωσε το χέρι στην τσέπη του και πήρε την αστραφτερή Καρδιά του ωκεανού. Το κρύσταλλο έμοιαζε να σφύζει από μια δική του ζωή σαν να ένιωθε το βαρυσήμαντο έργο στο χέρι.

Ο Μπούμπα πλησίασε το σωλήνα, ο Τάιρο και το συγκεντρωμένο πλήθος κοιτούσαν με ελπίδα και πίστη. Με ένα σταθερό χέρι, άγγιξε την Καρδιά του ωκεανού στην επιφάνεια του σωλήνα. Ο κρύσταλλος εξέπεμπε μια απαλή, αιθέρια λάμψη καθώς διασυνδέθηκε με την προηγμένη τεχνολογία του σωλήνα.

Ο σωλήνας άρχισε να σφυρίζει, οι μηχανισμοί του ξεκλειδώνουν με ακρίβεια. Αργά και με μεγάλη προσοχή, το καπάκι του σωλήνα σηκώθηκε, αποκαλύπτοντας την ακόμα αναίσθητη μορφή του Δρ Κλέτους. Ήταν μια στιγμή συλλογικής ανακούφισης και η βάση έπεσε σε μια ευλαβική σιωπή καθώς περίμεναν την αφύπνιση του επιστήμονα που κρατούσε το κλειδί για τόσα πολλά μυστήρια.

Η αναπνοή του Κλέτους παρέμενε σταθερή, αλλά δεν είχε ακόμη ανακτήσει τις αισθήσεις του. Οι κάτοικοι της βάσης κράτησαν την ανάσα τους, ελπίζοντας για το τι θα έφερνε το μέλλον τώρα που είχε ελευθερωθεί από τα νύχια του γιατρού Σκορτς.

Ο Δρ Κλέτους, ένας λαμπρός επιστήμονας και εφευρέτης, είχε πρωτοστατήσει σε μια πρωτοποριακή τεχνολογία γνωστή ως «Στοχαστής». Το όνομα "Thoughtter" ήταν ένας συνδυασμός "σκέψεων" και "plotter", υποδηλώνοντας τη μοναδική του ικανότητα να μεταφράζει τα περίπλοκα πρότυπα της ανθρώπινης σκέψης σε μια απτή και κατανοητή μορφή.

Το Thoughtter δεν ήταν απλώς μια μηχανή. ήταν ένα θαύμα ευρηματικότητας. Θα μπορούσε να υποκλέψει και να καταγράψει τις συχνότητες που δημιουργούνται από τις σκέψεις του Δρ. Κλέτους, συλλέγοντας τα περίπλοκα μοτίβα και κωδικοποιώντας τα σε οπτική ή ακουστική μορφή. Αυτή η τεχνολογία άνοιξε άνευ προηγουμένου δυνατότητες για την ανταλλαγή γνώσεων και ιδεών μεταξύ ανθρώπων και εξωγήινων, καθώς θα μπορούσε να γεφυρώσει το χάσμα της επικοινωνίας πατώντας απευθείας τις πιο εσώτερες σκέψεις ενός ατόμου.

Η διάσωση του Δρ Κλέτους από τα νύχια του Δρ. Σκορτς ήταν ένα τρομερό έργο που περιλάμβανε τις αφοσιωμένες προσπάθειες τόσο των ανθρώπων όσο και των εξωγήινων. Η συμμαχία μεταξύ αυτών των δύο ειδών εδραιώθηκε περαιτέρω από την κοινή τους δέσμευση να φέρουν τον Κλήτους πίσω στον κόσμο από τον οποίο είχε χωρίσει τόσο καιρό.

Ο Στοχαστής δεν ήταν μόνο σύμβολο της αξιοσημείωτης διάνοιας του Δρ. Κλέτους αλλά και φάρος ελπίδας. Οι πιθανές εφαρμογές του ήταν απεριόριστες και με την επιστροφή του επιστήμονα, οι συλλογικές προσπάθειες ανθρώπων και εξωγήινων θα μπορούσαν να συνεχιστούν, με το Thoughtter ως γέφυρα κατανόησης και κοινής προόδου.

Καθώς ο Δρ Κλέτους παρέμενε στην ασυνείδητη κατάστασή του, οι κάτοικοι της βάσης γνώριζαν ότι ο εφευρέτης του Στοχαστή κρατούσε το κλειδί για να ξεκλειδώσει νέα σύνορα γνώσης, κατανόησης και συνεργασίας. Ήταν αποφασισμένοι να τον επαναφέρουν στην υγεία του και να γιορτάσουν την επανένωση που θα οδηγούσε σε ένα καλύτερο μέλλον για όλους.

Η ΤΕΛΕΥΤΑΙΑ ΣΤΑΣΗ ΤΟΥ BUBBA

Μέσα στο εργαστήριο, δύο γιατροί, ο Δρ Marcus Grayson και η Dr Eleanor Wells, στριμώχνονταν πάνω από το αναίσθητο σώμα του Cletus. Προσπαθούσαν να τον επαναφέρουν στη ζωή, αλλά η κατάστασή του παρέμενε κρίσιμη. Η αίθουσα ήταν γεμάτη με μια αίσθηση επείγοντος, καθώς ήξεραν ότι ο χρόνος τελείωνε.

Ο Δρ Γκρέισον, ένας επιστήμονας που οδηγείται από τη φιλοδοξία και τη δύναμη, στράφηκε στον Δρ Γουέλς, με τη φωνή του να είναι γεμάτη απογοήτευση. «Δρ Γουέλς, δοκιμάσαμε τα πάντα για να τον ξυπνήσουμε, αλλά τίποτα δεν φαίνεται να λειτουργεί. Πρέπει να βρούμε μια λύση και μάλιστα γρήγορα. Η γνώση του Cletus είναι ζωτικής σημασίας για την έρευνά μας».

Ο Δρ Γουέλς, ο οποίος είχε βαθιά κατανόηση της σύνδεσης μεταξύ Μπούμπα και Κλέτους, απάντησε με αποφασιστικότητα: «Σκέφτηκα, Δρ Γκρέισον. Μπορεί να υπάρχει τρόπος να αναβιώσει ο Κλέτους, αλλά περιλαμβάνει τη χρήση του δείγματος αίματος του Μπούμπα.

Γνωρίζουμε ότι οι δυο τους μοιράζονται μια μοναδική σχέση». Ο Δρ Γκρέισον συνοφρυώθηκε, δύσπιστος αλλά με ιντριγκάρισμα. «Δείγμα αίματος του Μπούμπα; Πώς μπορεί αυτό να βοηθήσει;»

Ο Δρ Γουέλς εξήγησε: «Η μεταμόρφωση του Μπούμπα συνδέθηκε με την έρευνα του Κλέτους και ο δεσμός τους είναι ισχυρότερος από ό,τι είχαμε καταλάβει. Εάν εμποτίσουμε τον Κλέτους με το αίμα του Μπούμπα, μπορεί να εκκινήσει το σύστημά του. Αλλά πρέπει να δράσουμε γρήγορα».

Ο Δρ Γκρέισον δίστασε, διχασμένος ανάμεσα στην επιθυμία του για εξουσία και στον επείγοντα χαρακτήρα της κατάστασης. Μετά από μια στιγμή περισυλλογής, έγνεψε καταφατικά. «Πολύ καλά, ας προχωρήσουμε στο σχέδιό σου. Δεν έχουμε την πολυτέλεια να χάσουμε τον Κλέτους. Είναι το κλειδί για να ξεκλειδώσει το πλήρες δυναμικό της έρευνάς μας».

Οι δύο γιατροί ετοιμάστηκαν γρήγορα να πάρουν δείγμα αίματος του Μπούμπα. Ήξεραν ότι αυτό το απελπισμένο στοίχημα ίσως ήταν ο μόνος τρόπος για να σώσουν τον Κλέτους και να αξιοποιήσουν τη γνώση του για δικό τους κέρδος. Αλλά ελάχιστα γνώριζαν ότι οι ενέργειές τους θα έθεταν σε κίνηση μια αλυσίδα γεγονότων που θα αμφισβητούσαν τα ίδια τα θεμέλια της αποστολής τους και θα έφερναν έναν απολογισμό που θα άλλαζε την πορεία της μοίρας τους.

Καθώς ο Δρ Μάρκους Γκρέισον και η Δρ Έλινορ Γουέλς ετοιμάζονταν βιαστικά να πάρουν δείγμα αίματος του Μπούμπα, ο επείγων χαρακτήρας της κατάστασης βάραινε πολύ στο μυαλό τους. Το σώμα του Κλέτου βρισκόταν στον ανοιχτό σωλήνα, εκτεθειμένο στο αόρατο χώμα που τον συντηρούσε για χρόνια. Το διαφανές χώμα είχε αρχίσει να χάνει τις δυνατότητές του και μια αυξανόμενη αίσθηση επείγοντος γέμισε το δωμάτιο.

Η φωνή της Δρ Γουέλς ήταν χρωματισμένη από ανησυχία καθώς εξήγησε: «Δόκτωρ Γκρέισον, δεν έχουμε πολύ χρόνο. Το αόρατο χώμα χάνει τις ιδιότητές του τώρα που ο σωλήνας είναι ανοιχτός. Μόλις γίνει εντελώς αδιαφανές, θα γίνει στερεό και θα καταπιεί μόνιμα το σώμα του Κλέτους».

Ο Δρ Γκρέισον ένευσε καταφατικά, συνειδητοποιώντας τη σοβαρότητα της κατάστασης. «Τότε πρέπει να δράσουμε γρήγορα. Το αίμα του Μπούμπα μπορεί να είναι ο μόνος τρόπος για να αναβιώσει τον

Κλέτους και να αποτρέψει την απώλεια της πολύτιμης γνώσης του».

Με μια αίσθηση αποφασιστικότητας, έβγαλαν προσεκτικά ένα δείγμα από το αίμα του Bubba και ξεκίνησαν τη διαδικασία έγχυσης του στο σύστημα του Cletus. Η αίθουσα ήταν γεμάτη ένταση καθώς παρακολουθούσαν κάθε λεπτομέρεια της διαδικασίας, γνωρίζοντας ότι η μοίρα του Cletus και το μέλλον της έρευνάς τους εξαρτιόταν από την επιτυχία της. Καθώς τα δευτερόλεπτα περνούσαν και το διαφανές χώμα συνέχιζε τη μεταμόρφωσή του, το δωμάτιο γινόταν ακόμα πιο γεμάτο με επείγοντα χαρακτήρα. Ο χρόνος τελείωνε και οι δύο γιατροί μπορούσαν μόνο να ελπίζουν ότι το απελπισμένο στοίχημα τους θα ήταν αρκετό για να επαναφέρει τον Κλέτους από το χείλος του γκρεμού πριν να είναι πολύ αργά.

Καθώς ο Μπούμπα ετοιμαζόταν να προσφέρει το αίμα του για να αναβιώσει τον Κλέτους, οι σκέψεις του κατακλύστηκαν από τις στοργικές αναμνήσεις της οικογένειάς του. Στην οθόνη του ολογράμματος, παρακολούθησε τη ζωντανή μετάδοση των γονιών του, Μορβάν και Νέρισα, οι οποίοι συμμετείχαν σε μια εγκάρδια συζήτηση για το μέλλον του γιου τους. Οι φωνές τους ήταν γεμάτες χαρά και στοργή, δημιουργώντας ένα γλυκόπικρο μείγμα συναισθημάτων μέσα στον Bubba.

Ο Μορβάν μίλησε με περηφάνια: «Νέρισα, πιστεύεις ότι το αγόρι μας έχει φτάσει τόσο μακριά; Η εξυπνάδα και το θάρρος του με εκπλήσσουν κάθε μέρα. Είναι προορισμένος για σπουδαία πράγματα, απλά το ξέρω».

Η Νερίσα, με τα μάτια της να λάμπουν από αγάπη, απάντησε: «Δεν θα μπορούσα να συμφωνήσω περισσότερο, Μορβάν. Ο Μπούμπα μας είναι ένας αξιόλογος νέος. Δεν έχω καμία αμφιβολία ότι θα μας κάνει ακόμα πιο περήφανους τα επόμενα χρόνια». Η καρδιά του Μπούμπα φούσκωσε από ζεστασιά καθώς άκουγε τα λόγια τους. Ο δεσμός του με τους γονείς του ήταν άρρηκτος και η αμέριστη υποστήριξή τους τον είχε μεταφέρει στις πιο δύσκολες στιγμές.

Αλλά εν μέσω της συναισθηματικής του ονειροπόλησης, η αρχική προσπάθεια του Μπούμπα να προσφέρει το αίμα του ήταν ανεπιτυχής. Η βαθιά του σχέση με την οικογένειά του και οι αναμνήσεις του ερωτά τους είχαν διακόψει προσωρινά τη διαδικασία. Χρειαζόταν να ξεκολλήσει από αυτά τα συναισθήματα για να ολοκληρώσει με επιτυχία τη διαδικασία.

Καθώς έκανε μια δεύτερη προσπάθεια, μια αίσθηση αποφασιστικότητας τον κυρίευσε. Επικέντρωσε τις σκέψεις του στο άμεσο έργο που είχε, καταπιέζοντας τα συντριπτικά συναισθήματα που συνδέονται με τους γονείς του. Αυτή τη φορά, το αίμα κύλησε ομαλά στον εξοπλισμό μετάγγισης, δίνοντάς τους ελπίδα ότι θα λειτουργήσει.

Ωστόσο, καθώς η διαδικασία συνεχιζόταν, συνέβη ένα απροσδόκητο και ανησυχητικό γεγονός στη ζωντανή ροή. Η εικόνα του Μπούμπα εξαφανίστηκε ξαφνικά από την οθόνη ολογράμματος. Ο Μορβάν και η Νέρισα, που είχαν αρραβωνιαστεί σε χαρούμενη

συνομιλία, αντάλλαξαν πανικόβλητες ματιές.

Η Νερίσα φώναξε: «Μπάμπα; Που πήγε; Ήταν απλώς εκεί».

Η φωνή του Μορβάν έτρεμε καθώς φώναξε: «Μπάμπα! Μπορείτε να μας ακούσετε;"

Η άλλοτε χαρούμενη ατμόσφαιρα της ζωντανής ροής έγινε τεταμένη και ανήσυχη καθώς ο Morvane και η Nerissa άρχισαν απεγνωσμένα να αναζητούν τον εξαφανισμένο γιο τους. Ο Μπούμπα παρακολουθούσε αβοήθητος, με τα δικά του συναισθήματα να αντηχούν τον πανικό των γονιών του. Η απροσδόκητη εξαφάνιση πρόσθεσε ένα νέο επίπεδο αβεβαιότητας και επείγουσας ανάγκης στην ήδη κρίσιμη κατάσταση, αφήνοντας τους πάντες στο εργαστήριο σε αδιέξοδο.

Ο Δρ Μάρκους Γκρέισον και η Δρ Έλινορ Γουέλς βγήκαν από το εργαστήριο, με τα πρόσωπά τους να αντέχουν το βάρος της κρίσιμης απόφασης που μόλις είχαν πάρει. Κάλεσαν επειγόντως τον Tyro σε μια ήσυχη γωνιά της βάσης, μακριά από τα αδιάκριτα μάτια και τα αυτιά των άλλων. Ο Tyro, με το άγχος του απτό, τους κοίταξε με ένα μείγμα ελπίδας και φόβου. "Τι βρήκες; Υπάρχει τρόπος να σώσω τον πατέρα μου;». Ο Δρ Γκρέισον, με τη φωνή του πλημμυρισμένη από συναισθηματικό επείγοντα χαρακτήρα, μίλησε πρώτος. «Τάιρο, υπάρχει μια μοναδική αντίδραση στην καρδιά του Μπούμπα. Είναι κάτι που δεν έχουμε ξαναδεί και πιστεύουμε ότι μπορεί να είναι το κλειδί για την αναβίωση του Cletus. Όμως, είναι μια επικίνδυνη και μη δοκιμασμένη διαδικασία και δεν υπάρχει εγγύηση επιτυχίας».

Η Δρ Γουέλς, με τα μάτια της γεμάτα συμπόνια, πρόσθεσε: «Για να σώσει τον Κλέτους, η Μπούμπα θα πρέπει να κάνει μια τεράστια θυσία. Χρειαζόμαστε ένα δείγμα της αντίδρασης της καρδιάς του για να διεξαγάγουμε τη διαδικασία. Αλλά, Tyro, είναι μια προσπάθεια υψηλού κινδύνου και θα μπορούσε να κοστίσει τη ζωή του στον Bubba».

Τα συναισθήματα του Τάιρο στροβιλίστηκαν μέσα του καθώς αντιμετώπιζε τη σοβαρότητα της κατάστασης. Ο πατέρας του, ο Κλέτος, βρισκόταν σε κίνδυνο και ο φίλος του, Μπούμπα, αντιμετώπιζε τώρα την πιθανότητα να θυσιάσει τη ζωή του για να τον σώσει.

Σκέφτηκε τον δεσμό που είχε δημιουργήσει με τον Μπούμπα και την ακλόνητη υποστήριξη που του είχε δείξει ο Μπούμπα σε όλο το ταξίδι τους. Δεν άντεχε όμως και τη σκέψη ότι θα έχανε τον πατέρα του, αυτόν που πάντα πίστευε σε αυτόν και τις δυνατότητές του. Με μια τρεμάμενη φωνή, ο Tyro μίλησε τελικά: «Δεν μπορώ να χάσω κανέναν από τους δύο. Ο Μπούμπα είναι φίλος μου και ο Κλέτους είναι ο πατέρας μου. Χρειάζομαι λίγο χρόνο να σκεφτώ. Σε παρακαλώ, δώσε μου λίγο χρόνο να αποφασίσω».

Ο Δρ Γκρέισον και ο Δρ Γουέλς έγνεψαν καταφατικά, καταλαβαίνοντας το βάρος της απόφασης που έπρεπε να πάρει ο Τάιρο. «Πάρε το χρόνο σου, Τάιρο. Θα είμαστε εδώ όταν είστε έτοιμοι. Αλλά παρακαλώ, καταλάβετε ότι ο χρόνος για τον Κλέτους τελειώνει».

Με αυτό, άφησαν τον Tyro να παλέψει με την αδύνατη απόφαση που βρισκόταν μπροστά, με την καρδιά του βαριά με τη γνώση ότι θα έπρεπε να επιλέξει ανάμεσα στους δύο πιο σημαντικούς ανθρώπους στη ζωή του.

Μόνος με το Thoughtter, ο Tyro πιάστηκε στη δίνη των συναισθημάτων και των αποφάσεων. Κοίταξε τα περίεργα σχέδια που σχεδιάζονταν, συνειδητοποιώντας ότι προέρχονταν από τις σκέψεις του Μπούμπα. Ήταν σαν ο φίλος του, που ετοιμαζόταν να κάνει την απόλυτη θυσία, να προσπαθούσε να επικοινωνήσει μαζί του με τρόπο που δεν μπορούσαν να εκφράσουν οι λέξεις.

Τα ολογραφικά μοτίβα χόρευαν μπροστά στα μάτια του Tyro και άρχισε να αποκρυπτογραφεί τον περίπλοκο κώδικα που δημιουργούσε ο Bubba με τις σκέψεις του. Στη σιωπή της στιγμής ένιωσε μια έντονη σύνδεση με τον φίλο του, μια σύνδεση που ξεπερνούσε λόγια και πράξεις.

Καθώς ο Tyro συνδύαζε το σχέδιο, μπορούσε να αισθανθεί το βάθος της εσωτερικής σύγκρουσης του Bubba, την αγάπη και την αφοσίωση που ένιωθε για την οικογένειά του και την επιθυμία του να σώσει τον Cletus. Ήταν ένα μήνυμα ανιδιοτέλειας και γενναιότητας, απόδειξη του αξιοσημείωτου χαρακτήρα του φίλου του.

Στη μέση αυτής της σιωπηλής συνομιλίας, ο Tyro βρέθηκε να παλεύει με τη δική του εσωτερική αναταραχή. Αναρωτήθηκε αν μπορούσε να αντέξει την απώλεια είτε του πατέρα του, του Κλέτου, είτε του πιστού φίλου του Μπούμπα. Το βάρος της επιλογής μπροστά φαινόταν σχεδόν αφόρητο.

Με δάκρυα στα μάτια, ο Τάιρο μίλησε απαλά στον εαυτό του: «Δεν μπορώ να τους απογοητεύσω. Ο Μπάμπα είναι πρόθυμος να θυσιαστεί για τον Κλέτους και η ζωή του πατέρα μου κρέμεται στην ισορροπία. Πρέπει να βρω έναν τρόπο να τους σώσω και τους δύο».

Ο Στοχαστής συνέχισε να σχεδιάζει τα μοτίβα, μια σιωπηλή υπενθύμιση του τεράστιου θάρρους και της θυσίας που ο Μπάμπα ήταν πρόθυμος να αναλάβει. Ήταν μια στιγμή βαθιάς ενδοσκόπησης για τον Tyro και ήξερε ότι η απόφαση που έπαιρνε θα διαμόρφωνε τη μοίρα εκείνων που αγαπούσε περισσότερο.

Ο Tyro αποσύρθηκε σε μια μυστική αίθουσα κρυμμένη μακριά από τα αδιάκριτα βλέμματα, με το βάρος του κόσμου στους ώμους του. Μέσα στον θάλαμο, προσέγγισε προσεκτικά μια μικρή συσκευή που ήταν διακριτικά ενσωματωμένη στον αυχένα του. Με μια γρήγορη κίνηση, το ενεργοποίησε και σε μια στιγμή, ο Tyro βρέθηκε μεταφερμένος σε μια σουρεαλιστική μηχανή γνωστή ως "Infinighteen".

Αυτή η αξιοσημείωτη εφεύρεση, που δημιουργήθηκε από τον ίδιο τον Tyro, είχε τη δύναμη να μπει στο μυαλό των άλλων και να χειραγωγήσει τις σκέψεις τους μέσα σε λίγα δευτερόλεπτα. Η μόνη προϋπόθεση ήταν ότι το άτομο πρέπει να βρίσκεται στο διαφανές χώμα μέσα στο σωλήνα. Η ανακάλυψη του Tyro ήταν μια κοινή προσπάθεια με τον πατέρα του, Cletus, μια συνεργασία που είχε διακοπεί όταν ο Cletus τέθηκε υπό κράτηση από τον Dr. Scorch.

Μέσα στο Infinighteen, ο Tyro μπορούσε να περιηγηθεί στις περιπλοκές του μυαλού ενός ατόμου, ένα μέρος γεμάτο αναμνήσεις, συναισθήματα και επιθυμίες. Είχε χρησιμοποιήσει αυτή την τεχνολογία για διάφορους σκοπούς, αλλά τώρα, η κατάσταση ήταν πιο τρομερή από ποτέ.

Καθώς ο Tyro ετοιμαζόταν να χρησιμοποιήσει το Infinighteen, δεν μπορούσε να μην σκεφτεί τον Cletus και τον Bubba. Οι αναμνήσεις της κοινής τους δουλειάς σε αυτήν την εφεύρεση, το γέλιο που είχαν μοιραστεί και οι ελπίδες που είχαν για το μέλλον πλημμύρισαν το μυαλό του. Ήταν μια υπενθύμιση του δεσμού που μοιραζόταν και με τους δύο, έναν δεσμό που ήταν πλέον αποφασισμένος να προστατεύσει με κάθε κόστος.

Ο Tyro ήξερε ότι είχε μια μοναδική ευκαιρία να μπει στο μυαλό του Bubba, να καταλάβει το βάθος των σκέψεων του φίλου του και να επηρεάσει ενδεχομένως την απόφαση που επρόκειτο να γίνει. Με μια βαθιά ανάσα, ξεκίνησε την ακολουθία και μπήκε στον περίπλοκο λαβύρινθο της συνείδησης του Μπούμπα.

Καθώς ο Tyro έμπαινε στον λαβύρινθο του μυαλού του Bubba, είχε πλήρη επίγνωση του χρονικού περιορισμού που επέβαλε η μηχανή Infinighteen. Είχε τη δύναμη να εμβαθύνει στα βάθη των σκέψεων ενός ατόμου για μόλις δεκαοκτώ λεπτά, ένα παράθυρο ευκαιρίας που ήταν και ευλογία και κατάρα. Περίεργως, το

Infinighteen ήρθε με μια τρομερή συνέπεια. Οποιοδήποτε άτομο το χρησιμοποιούσε για να διεισδύσει στο μυαλό κάποιου άλλου και παρέμενε το καλωσόρισμά του στον τομέα των σκέψεων, θα έβρισκε τον εαυτό του να περιπλανιέται στις ύπουλες περιοχές που είναι γνωστές ως "κελιά που ξεχνούν". Αυτό το επικίνδυνο βασίλειο είχε τη δύναμη να διαγράψει την ίδια την ύπαρξη κάποιου, οδηγώντας σε μια μοίρα που θα μπορούσε να περιγραφεί μόνο ως μια μορφή ψυχολογικού θανάτου.

Για τον Tyro, αυτό πρόσθεσε ένα στοιχείο επείγοντος στην αποστολή του. Χρειαζόταν να περιηγηθεί στον λαβύρινθο της συνείδησης του Μπούμπα, να καταλάβει την εσωτερική αναταραχή του φίλου του και να επηρεάσει την απόφασή του με τρόπο που θα έσωζε τόσο τον Μπάμπα όσο και τον Κλέτους, όλα μέσα στα στενά όρια του ορίου των δεκαοκτώ λεπτών. Το ρολόι χτυπούσε και ο Tyro ήξερε ότι κάθε δευτερόλεπτο μετρούσε καθώς ταξίδευε βαθύτερα στις εσοχές του μυαλού του Bubba, έχοντας πλήρη επίγνωση των διακυβεύσεων για τη ζωή ή τον θάνατο.

Μέσα στα περίπλοκα τοπία του μυαλού του Bubba, οι συνειδήσεις του Tyro και του Bubba στέκονταν πρόσωπο με πρόσωπο. Το ψηφιακό ρολόι μέσα στη μηχανή Infinighteen τους θύμισε τα δευτερόλεπτα που χτυπούσαν καθώς συμμετείχαν σε μια βαθιά συναισθηματική συνομιλία.

Δάκρυα κύλησαν στα μάτια του Τάιρο καθώς παρακαλούσε τον φίλο του, «Μπάμπα, δεν μπορείς να το κάνεις αυτό. Δεν μπορώ να σε χάσω. Ο Cletus είναι σημαντικός, αλλά και εσύ. Σημαίνεις τα πάντα για μένα."

Ο Μπάμπα, με τα μάτια του θολά, προσπάθησε να πείσει τον Τάιρο, «Ο Τάιρο, ο Κλέτους έχει τη γνώση που μπορεί να αλλάξει τον κόσμο. Η ζωή μου είναι μόνο μία από τις πολλές, αλλά η δουλειά του πατέρα σου θα μπορούσε να ωφελήσει αμέτρητες ζωές. Αυτή είναι η σωστή επιλογή».

Ο Τάιρο κούνησε το κεφάλι του, η φωνή του έτρεμε, «Είστε και οι δύο σημαντικοί. Δεν αντέχω να χάσω κανέναν από τους δύο».

Στο βάθος, το ρολόι της μηχανής Infinighteen συνέχιζε να μετρά αντίστροφα τα λεπτά.

Ο Μπάμπα άπλωσε το χέρι του και κράτησε το χέρι του Τάιρο, με το κράτημα του σταθερό και γεμάτο ειλικρίνεια. «Άκου, Τάιρο, αν δεν τα καταφέρω, υποσχέσου μου ότι θα πεις στους γονείς μου ότι τους αγαπώ. Πες τους ότι το έκανα αυτό για έναν καλύτερο κόσμο και για σένα, αγαπητέ μου φίλε».

Ο Τάιρο έγνεψε καταφατικά, με δάκρυα να κυλούν στα μάγουλά του. «Στο υπόσχομαι, Μπάμπη. Ας βρούμε όμως έναν άλλο τρόπο, μαζί. Θα σώσουμε και εσένα και τον πατέρα μου».

Ο Μπούμπα χαμογέλασε αδύναμα, η φωνή του γέμισε ζεστασιά, «Αυτό είναι το πνεύμα, Τάιρο. Ποτέ μην τα παρατάς. Τώρα, χρησιμοποιήστε τον χρόνο που μας απομένει για να βοηθήσουμε τον Κλέτους. Σε πιστεύω φίλε μου».

Καθώς τα δευτερόλεπτα λιγόστευαν, ο Bubba έστειλε ένα τελευταίο εγκάρδιο μήνυμα μέσω του Tyro. Στον πραγματικό κόσμο, η μηχανή Infinighteen άρχισε να κλείνει και η συνείδηση του Bubba ετοιμάστηκε να φύγει από το μυαλό του Tyro.

Με μια τελευταία αγκαλιά, η Μπούμπα ψιθύρισε στον Τάιρο: «Πες στους γονείς μου ότι τους αγαπώ και ότι θα είμαι μαζί τους στο πνεύμα. Και να θυμάσαι, φίλε μου, δεν είσαι ποτέ μόνος. Έχετε τη δύναμη να μας σώσετε όλους».

Καθώς το χρονόμετρο Infinighteen έφτασε στο μηδέν, η συνείδηση του Bubba άρχισε να ξεθωριάζει, αφήνοντας τον Tyro με το βάρος του κόσμου στους ώμους του και μια υπόσχεση να εκπληρώσει για τον αγαπημένο του φίλο. Καθώς ο Tyro επέστρεφε από τα βάθη της συνείδησης του Bubba, τον συνάντησαν οι δύο γιατροί, ο Dr Marcus Grayson και η Dr Eleanor Wells. Τα πρόσωπά τους ήταν ένα μείγμα ανησυχίας και προσμονής, καθώς μόλις είχαν ολοκληρώσει τη λεπτή διαδικασία

που αφορά την καρδιά του Μπούμπα.

Χωρίς ανάσα και συναισθηματικά στραγγισμένος, ο Tyro πάλευε να βρει λέξεις. Εξήγησε, «Ήμουν μέσα στο μυαλό του Μπούμπα και έκανε μια θυσία... μια ανιδιοτελή. Δεν μπορούσα να τον αφήσω να το περάσει».

Οι γιατροί αντάλλαξαν μια ματιά, κατανοώντας τη σοβαρότητα της κατάστασης. Ο Δρ Γκρέισον μίλησε χαμηλόφωνα: «Τάιρο, έπρεπε να προχωρήσουμε στη διαδικασία. Αφαιρέσαμε την καρδιά του Bubba και χρησιμοποιήσαμε το δείγμα για να αναβιώσουμε τον Cletus. Ήταν η μοναδική μας ευκαιρία να τον σώσουμε».

Ο Tyro ένιωσε ένα βαρύ πόνο ενοχής και θλίψης καθώς έτρεξε στο εργαστήριο όπου φυλάσσονταν τα σώματα του Cletus και της Bubba. Πλησίασε την άψυχη μορφή του Μπούμπα και έβαλε ένα τρέμουλο χέρι στο μέτωπο του φίλου του. Δάκρυα κύλησαν στα μάτια του καθώς του ψιθύρισε ειλικρινά: «Σε ευχαριστώ, Μπούμπα, για τη θυσία σου. Λυπάμαι πολύ."

Το δωμάτιο ήταν γεμάτο με μια ζοφερή ατμόσφαιρα, η θλίψη του Tyro ήταν έκδηλη. Πονούσε η καρδιά του για τον χαμό του αγαπημένου του φίλου. Αλλά τη στιγμή που συμβιβαζόταν με τη θυσία, ένα απαλό άγγιγμα στον ώμο του τον έκανε να γυρίσει.

Ήταν ο Κλέτος, ο πατέρας του, που είχε ξυπνήσει από τον μακρύ ύπνο του. Το βλέμμα στα μάτια του Κλέτου ήταν ένα μείγμα ευγνωμοσύνης, αγάπης και ανακούφισης. Έβαλε ένα χέρι στον ώμο του Tyro και η φωνή του γέμισε συγκίνηση καθώς είπε: «Σε ευχαριστώ, γιε μου, που με έφερες πίσω. Και σας ευχαριστώ για την ακλόνητη φιλία σας με τον Bubba. Έκανε την απόλυτη θυσία και υπόσχομαι ότι θα τιμήσουμε τη μνήμη του».

Σε εκείνη τη συγκλονιστική στιγμή, το δωμάτιο ήταν φορτισμένο με μια βαθιά αίσθηση απώλειας και ανανέωσης. Η θυσία του Μπούμπα είχε δώσει στον Κλέτους μια δεύτερη ευκαιρία στη ζωή και το θάρρος του Τάιρο είχε γεφυρώσει το χάσμα μεταξύ απελπισίας και ελπίδας. Ήταν μια απόδειξη της δύναμης των δεσμών τους και του μήκους που ήταν διατεθειμένοι να κάνουν για να προστατέψουν και να σώσουν ο ένας τον άλλον. Καθώς ο Κλέτος θαύμαζε με την ανακάλυψη των Άπειρων οκτώ από τον γιο του, μια σπίθα ελπίδας άναψε στα μάτια του. Δεν μπορούσε να μην κάνει την πιεστική ερώτηση: «Τάιρο, πόσος καιρός έχει περάσει από τότε που η καρδιά του Μπούμπα αποσυνδέθηκε από το σώμα του;» Οι δύο γιατροί, ο Δρ Marcus Grayson και η Dr Eleanor Wells, προχώρησαν για να δώσουν μια απάντηση. Ο Δρ Γκρέισον μίλησε με έναν υπαινιγμό αισιοδοξίας: «Κλέτους, έχουν περάσει μόνο λίγα λεπτά από τη διαδικασία. Έπρεπε να δράσουμε γρήγορα για να σε σώσουμε και ο χρόνος ήταν κρίσιμος».

Ο Κλέτους έγνεψε καταφατικά, επεξεργαζόμενος τις πληροφορίες. Μια αποφασιστική έκφραση πέρασε από το πρόσωπό του και στράφηκε προς τον Τάιρο με ακλόνητη αποφασιστικότητα. «Αν υπάρχει ακόμα χρόνος, πιστεύω ότι μπορώ να χρησιμοποιήσω το Infinighteen για να μπω στο μυαλό του Bubba και να τον σώσω επίσης. Πρέπει να δράσουμε γρήγορα».

Τα μάτια του Τάιρο άνοιξαν διάπλατα από έκπληξη και ελπίδα. Η πιθανότητα να σώσει τον Μπούμπα, τον αγαπημένο του φίλο, ήταν μια αχτίδα φωτός εν μέσω της πρόσφατης απώλειας τους. Δεν μπορούσε να συγκρατήσει τον ενθουσιασμό και την ευγνωμοσύνη του. «Μπορείς να το κάνεις αυτό, μπαμπά; Αυτό είναι απίστευτο!" Ο Κλέτους έγνεψε καταφατικά, η καρδιά του γέμισε αποφασιστικότητα. «Με το Infinighteen, πιστεύω ότι μπορούμε να γεφυρώσουμε τη σύνδεση μεταξύ του μυαλού μας και να σώσουμε τον Bubba. Αλλά ο χρόνος είναι ουσιαστικός. Ας προχωρήσουμε».

Με ανανεωμένη ελπίδα και μια αίσθηση επείγοντος, ο Cletus, ο Tyro και οι δύο γιατροί προετοιμάστηκαν για την επόμενη φάση του εκπληκτικού ταξιδιού τους, γνωρίζοντας ότι είχαν την ευκαιρία να φέρουν πίσω τον φίλο που είχε κάνει την απόλυτη θυσία.

ΞΕΒΑΣΗ ΑΠΟ ΤΗ ΣΤΑΧΤΗ

Ο Δρ Κλέτους εργαζόταν ακούραστα πάνω στο μυστηριώδες τσιπ για μήνες πριν αιχμαλωτιστεί από τον Δρ Σκορτς, το αποκορύφωμα μιας ολόκληρης ζωής έρευνας. Ήξερε ότι η ενεργοποίησή του ήταν το κλειδί για να σώσει τη ζωή του Μπούμπα και να τον επιστρέψει στην οικογένειά του. Καθώς στεκόταν μπροστά στο επιβλητικό μηχάνημα γνωστό ως «Infinighteen», μια σιωπηλή προσμονή γέμισε το δωμάτιο. Ο γιος του Tyro, με μια ανήσυχη ματιά στο πρόσωπό του, παρακολουθούσε κάθε κίνηση του πατέρα του.

Δρ Κλέτους: (μουρμουρίζοντας στον εαυτό του) «Είναι τώρα ή ποτέ. Αυτό το τσιπ έχει την απάντηση σε όλα».

Με ένα σταθερό χέρι, ο Δρ. Κλέτους έβαλε απαλά το τσιπ σε μια θύρα στη βάση του Infinighteen. Καθώς το ενεργοποίησε, το μηχάνημα ζωντάνεψε, εκπέμποντας μια απόκοσμη, απόκοσμη λάμψη. Το δωμάτιο φαινόταν να δονείται με μια ενέργεια που ήταν αισθητή.

Tyro: (ανήσυχα) «Πατέρα, είσαι σίγουρος για αυτό; Φαίνεται τόσο... ριψοκίνδυνο».

Δρ Κλέτους: (κοιτάζοντας πίσω στον γιο του) «Έχω περάσει όλη μου τη ζωή ερευνώντας αυτό, Τάιρο. Είναι η μόνη ευκαιρία που έχουμε να σώσουμε τον Μπούμπα και να καταλάβουμε τι του συμβαίνει. Τώρα, μείνε πίσω».

Μόλις ο Δρ Κλέτους τελείωσε την ομιλία του, ακούστηκε ένα εκκωφαντικό ηχητικό εφέ «bing bang» και σωριάστηκε στο πάτωμα, αναίσθητος. Ο πανικός γέμισε το δωμάτιο καθώς ο Τάιρο όρμησε στο πλευρό του πατέρα του.

Tyro: (ξέφρενα) «Μπαμπά! Μπαμπά, με ακούς; Κάποιος, βοήθησε!"

Άλλοι γιατροί, μεταξύ των οποίων ο Δρ Γκρέισον και ο Δρ Γουέλς, έσπευσαν γρήγορα στη σκηνή και κατάφεραν να μεταφέρουν τον Δρ Κλέτους σε ένα διπλανό κρεβάτι. Καθώς βρισκόταν εκεί, αναίσθητος, ο Τάιρο ήξερε ότι έπρεπε να παραμείνει δυνατός. Ο πατέρας του είχε δώσει σαφείς οδηγίες για αυτή την κρίσιμη στιγμή.

Tyro: (αποφασισμένος, απευθυνόμενος στους γιατρούς) «Ακούστε όλοι. Πρέπει να προχωρήσουμε άμεσα στην εγχείρηση καρδιάς του Μπούμπα. Ο πατέρας μου προετοιμάστηκε για αυτό. Ξέρετε τι πρέπει να κάνετε. Θα μείνω μαζί του και θα παρακολουθώ την κατάστασή του».

Οι άλλοι γιατροί, μεταξύ των οποίων ο Δρ Γκρέισον και ο Δρ Γουέλς, έγνεψαν καταφατικά και με μια αίσθηση επείγοντος, άρχισαν να προετοιμάζονται για τη λεπτή διαδικασία για να στερεώσουν την καρδιά του Μπούμπα μέσα στο σώμα του.

Δρ Γκρέισον: (εστιασμένος) «Δεν έχουμε ούτε δευτερόλεπτο να χάσουμε. Προετοιμάστε το χειρουργείο και ετοιμάστε τον εξοπλισμό».

Δρ Γουέλς: (ελέγχοντας τον εξοπλισμό) «Τα ζωτικά του σημεία εξασθενούν. Πρέπει να δράσουμε γρήγορα.

Καθώς οι γιατροί προετοιμάζονταν για χειρουργική επέμβαση, ο Tyro έστρεψε την προσοχή του πίσω στον αναίσθητο πατέρα του, ψιθυρίζοντας λόγια ενθάρρυνσης.

Tyro: (μαλακά) «Μας εκπαίδευσες καλά, μπαμπά. Θα σώσουμε τον Μπάμπα και εσένα. Όπως είπες, έχουμε δεκαοκτώ λεπτά. Δεν θα σας απογοητεύσουμε».

Η αντίστροφη μέτρηση είχε αρχίσει. Στον αγώνα με τον χρόνο, η μοίρα τόσο του

Μπούμπα όσο και του Δρ Κλέτους κρέμονταν στην ισορροπία.

Καθώς ο Δρ Κλέτους εμβαθύνει στις σκέψεις του Μπούμπα, βρέθηκε σε έναν περίπλοκο λαβύρινθο αναμνήσεων και συναισθημάτων. Ήταν ένα τρομακτικό έργο να περιηγηθεί στα περίπλοκα νευρικά μονοπάτια, αλλά ήταν αποφασισμένος. Μετά από κάτι που φαινόταν σαν μια αιωνιότητα, εντόπισε τελικά το μεταιχμιακό σύστημα, το συναισθηματικό κέντρο του εγκεφάλου του Bubba.

Δρ Κλέτους: (ψιθυρίζοντας στον εαυτό του) «Το βρήκα. Τώρα, για να δημιουργήσουμε τη σύνδεση και να τη σταθεροποιήσουμε».

Ο Cletus ξεκίνησε απαλά την επαφή με το μεταιχμιακό σύστημα. Ανταποκρίθηκε με μια σειρά από ζωντανές, κατακερματισμένες αναμνήσεις. Μπορούσε να δει αποσπάσματα από τη ζωή του Μπούμπα, από παιδικές περιπέτειες μέχρι στιγμές ευτυχίας και λύπης.

Εν τω μεταξύ, στο χειρουργείο, ο Δρ Γκρέισον και ο Δρ Γουέλς εργάστηκαν με ακρίβεια και αποφασιστικότητα για να επιδιορθώσουν την κατεστραμμένη καρδιά του Μπούμπα. Η αίθουσα γέμισε με το απαλό βουητό του ιατρικού εξοπλισμού και τις εστιασμένες φωνές της χειρουργικής ομάδας.

Δρ Γκρέισον: (συγκεντρωμένο) «Νυστέρι, παρακαλώ».

Νοσοκόμα: «Το νυστέρι έρχεται αμέσως, γιατρέ Γκρέισον».

Με σταθερό χέρι, ο Δρ Γκρέισον συνέχισε τη λεπτή διαδικασία, ενώ ο Δρ Γουέλς παρακολουθούσε τα ζωτικά σημεία του Μπούμπα.

Δρ Γουέλς: (ήρεμα) «Σταθερά στον καρδιακό ρυθμό.

Καλός. Κάνουμε πρόοδο».

Πίσω στο δωμάτιο όπου ο Δρ Κλέτους ήταν συνδεδεμένος με το μυαλό του Μπάμπα, ο Τάιρο παρακολουθούσε το αναίσθητο σώμα του πατέρα του, νιώθοντας ένα μείγμα άγχους και ελπίδας.

Tyro: (μαλακά στον εαυτό του) «Κάσε εκεί, μπαμπά. Το έχεις αυτό. Η εγχείρηση καρδιάς του Μπούμπα πηγαίνει καλά και εσύ είσαι μέσα στο μυαλό του και κάνεις το καθήκον σου».

Ο χρόνος ήταν ουσιαστικός. Το ρολόι χτυπούσε και όλοι ήξεραν ότι είχαν μόνο δεκαοκτώ λεπτά για να σώσουν τόσο τον Μπάμπα όσο και τον Δρ Κλέτους. Ήταν ένας αγώνας με τον χρόνο, αλλά με αποφασιστικότητα, επιδεξιότητα και ακλόνητη αγάπη ενός πατέρα, ήταν αποφασισμένοι να τα καταφέρουν.

Καθώς ο Tyro παρακολουθούσε προσεκτικά τον αναίσθητο πατέρα του, τον Dr. Cletus, ειδοποιήθηκε από έναν παράξενο ήχο που προερχόταν από τη μηχανή Thoughtter. Οι μετρήσεις στην οθόνη του μηχανήματος έδειχναν μια αλλαγή στις συχνότητες του μυαλού του Bubba. Ο Tyro συνειδητοποίησε γρήγορα ότι ήταν ένα μήνυμα από τον πατέρα του. Tyro: (ενθουσιασμένος) «Ένα μήνυμα από τον μπαμπά; Τι συμβαίνει εκεί μέσα;».

Αποκρυπτογράφηση του μηνύματος και, ακριβώς όπως στο μυαλό του Bubba, μια ολογραφική προβολή των γονιών του Bubba, Nerissa και Morvane, εμφανίστηκε στο δωμάτιο, με τα αντίγραφα του Bubba να συμμετέχουν στην αλληλεπίδραση που ζεσταίνει την καρδιά.

Νέρισα: (χαμογελώντας) «Μπάμπα, καλή μου, μας ακούς; Είναι η μαμά και ο μπαμπάς».

Μορβάν: (χαμογελώντας) «Είμαστε εδώ μαζί σου, γιε μου».

Οι ολογραφικές φιγούρες των γονιών του Bubba ένιωθαν τόσο αληθινές που ο Tyro δεν μπορούσε παρά να συγκινηθεί από τη συναισθηματική σύνδεση.

Tyro: (με ένα κομμάτι στο λαιμό) «Αυτό είναι απίστευτο. Μαμά, μπαμπά, ο Μπάμπα σου μιλάει».

Nerissa: (με ζεστασιά) «Είμαστε εδώ για αυτόν, Tyro. Μας έχει λείψει τόσο πολύ ο γιος μας».

Μορβάν: (με περηφάνια) «Είναι μαχητής, όπως και ο γέρος του. Θα βρεθούμε ξανά σύντομα».

Ο Τάιρο δεν μπόρεσε να μην ρίξει ένα δάκρυ ανακούφισης. Η σύνδεση ζωντανής ροής παρείχε μια σανίδα σωτηρίας τόσο για τον Μπούμπα όσο και για τον Δρ. Κλέτους και ήταν μια βαθιά στιγμή που ένωσε την οικογένεια με τρόπο που ξεπέρασε τα όρια της συνείδησης.

Tyro: (συναισθηματικά) «Σε ευχαριστώ, μπαμπά, για αυτή τη σύνδεση. Η Μπούμπα έπρεπε να δει τη μαμά και τον μπαμπά. Του δίνει δύναμη».

Με τα αντίγραφα του Bubba να συμμετέχουν σε εγκάρδιες συνομιλίες με τις ολογραφικές εικόνες των γονιών του, ο Tyro ένιωσε μια ανανεωμένη αίσθηση αποφασιστικότητας να διασφαλίσει ότι η εγχείρηση καρδιάς θα κυλούσε ομαλά. Οι συνδυασμένες προσπάθειες του πατέρα του και της χειρουργικής ομάδας ήταν η καλύτερη ελπίδα τους για να φέρουν τον Μπούμπα πίσω στην οικογένειά του, όπου ανήκε πραγματικά.

Ο Μπούμπα βρέθηκε να κάθεται στις γαλήνιες όχθες μιας πεντακάθαρης λίμνης μέσα στο απέραντο τοπίο του μυαλού του. Το απαλό χτύπημα του νερού στην ακτή ήταν καταπραϋντικό. Καθώς απολάμβανε τη γαλήνη της στιγμής, ο πατέρας του, ο Μορβάν, πλησίασε με ένα ζεστό χαμόγελο στα χείλη.

Μορβάν: (με ήπιο τόνο) "Μπάμπα, αγόρι μου, ήταν πολύ ταξίδι, έτσι δεν είναι;"

Μπούμπα: (γνέφοντας) «Έχει, μπαμπά. έχω περάσει

τόσο πολύ."

Μορβάν: (κάθεται δίπλα του) «Η ζωή μπορεί να είναι σαν αυτά τα νερά, Μπούμπα. Άλλοτε ήρεμος, άλλοτε ταραχώδης. Αλλά είναι σε αυτές τις στιγμές ηρεμίας που βρίσκουμε συχνά διαύγεια».

Ο Μπούμπα κοίταξε τα γαλήνια νερά, απορροφώντας τη σοφία στα λόγια του πατέρα του.

Μπούμπα: (περίεργος) «Ποιο είναι το μυστικό, μπαμπά; Πώς βρίσκεις νόημα σε όλο αυτό;»

Μορβάν: (αναστοχαστικά) «Λοιπόν, γιε μου, η ζωή δεν έχει να κάνει μόνο με το τι παίρνεις· έχει να κάνει με το τι δίνεις. Το αληθινό νόημα βρίσκεται στις συνδέσεις που κάνετε, στην αγάπη που μοιράζεστε και στον αντίκτυπο που έχετε στους άλλους».

Τα μάτια του Μπούμπα έλαμψαν καθώς άκουγε τον πατέρα του.

Μπούμπα: (σκεπτικός) «Το έχω μάθει κι εγώ, μπαμπά, μέσα από όλα αυτά».

Μορβάν: (γνέφοντας) «Αυτό είναι το αγόρι μου. Ο τρόπος της προσφοράς, της ανιδιοτέλειας, εκεί βρίσκεται η αληθινή ικανοποίηση. Όταν μπορείς να κάνεις τη διαφορά στη ζωή κάποιου, είναι ό,τι πιο ικανοποιητικό».

Bubba: (αισθάνομαι ευγνώμων) «Έχω δει την αγάπη και τη φροντίδα από τόσους πολλούς ανθρώπους, συμπεριλαμβανομένων εσένα και της μαμάς. Είναι αυτό που με κράτησε».

Μορβάν: (χαμογελώντας περήφανα) «Και έμαθες επίσης τον τρόπο της ανθεκτικότητας, του θάρρους και της αποφασιστικότητας, Μπάμπα. Αυτά είναι εξίσου σημαντικά».

Καθώς συνέχιζαν την εγκάρδια συνομιλία τους στις όχθες του μυαλού του Μπούμπα, ο

Μπούμπα ένιωσε μια βαθιά αίσθηση σύνδεσης με τον πατέρα του. Καταλάβαινε ότι το νόημα της ζωής δεν αφορούσε μόνο το τι μπορούσε να πετύχει κάποιος για τον εαυτό του, αλλά τον αντίκτυπο που θα μπορούσαν να έχουν στον κόσμο και στις ζωές όσων άγγιζαν.

Μπάμπα: (αισθάνομαι ικανοποιημένος) «Ευχαριστώ, μπαμπά. Είμαι τόσο τυχερός που έχω την καθοδήγησή σας, ακόμα και σε τέτοιες στιγμές».

Μορβάν: (με μια στοργική αγκαλιά) «Και είμαι τυχερός που έχω έναν γιο τόσο δυνατό και συμπονετικό όσο εσύ, Μπάμπα. Θα το περάσουμε μαζί».

Η συζήτηση μεταξύ πατέρα και γιου στις όχθες του μυαλού του Μπούμπα ήταν μια ισχυρή υπενθύμιση της διαρκούς δύναμης του δεσμού τους και των βαθιών διδαγμάτων ζωής που μοιράστηκαν. Έδωσε στον Μπούμπα τη δύναμη που χρειαζόταν για να αντιμετωπίσει τις προκλήσεις που είχε μπροστά του και να βγει από τη δοκιμασία του με μια βαθύτερη κατανόηση του αληθινού νοήματος της ζωής.

Καθώς ο Μπούμπα καθόταν δίπλα στη γαλήνια όχθη της λίμνης, η καρδιά του ζεστάθηκε ακόμα περισσότερο όταν ένιωσε μια ευγενική παρουσία πίσω του. Γυρίζοντας, είδε τη μητέρα του, τη Νέρισα, με ένα στοργικό χαμόγελο στο πρόσωπό της. Κάθισε δίπλα στην Μπούμπα και εκείνος ένιωθε τη ζεστασιά της αγκαλιάς της.

Νέρισα: (τρυφερά) «Ω, πολύτιμη Μπούμπα μου. Πάει τόσος καιρός που σε κρατάω έτσι».

Μπούμπα: (με δακρυσμένα μάτια) «Μαμά, μου έλειψες περισσότερο από όσο μπορούν να εκφράσουν οι λέξεις».

Η Νερίσα σκούπισε απαλά ένα δάκρυ από το μάγουλο του Μπούμπα.

Νέρισα: (με στοργή) «Ήμουν μαζί σου σε κάθε βήμα, αγάπη μου. Ακόμα κι όταν δεν μπορούσα να είμαι δίπλα σου, η καρδιά μου ήταν πάντα μαζί σου».

Μπούμπα: (νιώθει παρηγοριά) «Έχω νιώσει την παρουσία σου, μαμά. Είναι αυτό που με κράτησε».

Τα μάτια της Νερίσας έλαμψαν από αγάπη και μητρική υπερηφάνεια.

Νέρισα: (μαλακά) «Είσαι η ενσάρκωση της αγάπης μας, Μπάμπα. Έχετε δύναμη και πνεύμα που άγγιξε τις καρδιές πολλών».

Μπούμπα: (ταπεινωμένη) «Έμαθα τόσα πολλά και από τους δυο σας, τη μαμά και τον μπαμπά. Το νόημα της ζωής, η δύναμη της προσφοράς και η δύναμη της οικογένειας».

Νέρισα: (τον αγκαλιάζει) «Είμαστε τόσο περήφανοι για το άτομο που έγινες. Και είμαστε εδώ για να σας στηρίξουμε, όπως πάντα».

Οι τρεις τους, ο Bubba, ο πατέρας του Morvane και η μητέρα του Nerissa, κάθισαν στην όχθη της λίμνης, μοιράζοντας μια στιγμή αγάπης, στοργής και άρρηκτων οικογενειακών δεσμών.

Bubba: (με ευγνωμοσύνη) «Νιώθω τόσο ευλογημένη που σας έχω και τους δύο γονείς μου. Η αγάπη σου είναι η άγκυρά μου».

Νέρισα: (κρατώντας τον κοντά) «Και η δύναμή σου είναι η έμπνευσή μας, Μπούμπα. Είμαστε εδώ για να σας καθοδηγήσουμε σε αυτό, σε κάθε βήμα».

Σε αυτή τη βαθιά στιγμή, η δύναμη της οικογένειας, της αγάπης και της ενότητας έγινε ακόμη πιο εμφανής. Καθώς ο Bubba αντιμετώπιζε τις προκλήσεις που είχε μπροστά του, ήξερε ότι είχε την ακλόνητη υποστήριξη και αγάπη των γονιών του για να τον βοηθήσουν στο ταξίδι της ζωής.

Μέσα στον μυστηριώδη ναό, ο Μπούμπα, τώρα ένας εβδομήντα πέντε ετών, κρατούσε το

Πέτρινο ψάρι στο χέρι του. Ο ναός είχε μια αύρα αρχαίας σοφίας και μια αίσθηση διαχρονικότητας. Καθώς άγγιξε την πέτρα στα μάτια του, ο κόσμος γύρω του φαινόταν να μετατοπίζεται και μια βαθιά κατανόηση τον κυρίευσε.

Ο πιστός σκύλος που ήταν ο σύντροφός του γάβγισε χαρούμενα, διαισθανόμενος τη μεταμόρφωση που συνέβαινε μέσα στον Μπούμπα. Προς έκπληξη του Μπούμπα, άρχισε να καταλαβαίνει τη γλώσσα του σκύλου. Ο Tyro, ο πιστός κυνικός, ήταν εξίσου έκπληκτος με τον ιδιοκτήτη του.

Μπούμπα: (χαμογελώντας) «Τάιρο, είσαι εσύ! Ήσουν μαζί μου όλα αυτά τα χρόνια».

Tyro: (γαβγίζει από ενθουσιασμό) «Μπάμπα, είσαι πραγματικά εσύ! Σε περίμενα».

Καθώς ο Μπούμπα επικοινωνούσε με τον Τάιρο, μια πλημμύρα αναμνήσεων και ιστοριών έσπευσε πίσω σε αυτόν. Ο δεσμός που μοιράζονταν δεν ήταν απλώς ένας δεσμός συντροφικότητας αλλά αληθινής φιλίας και κατανόησης.

Μπούμπα: (με δακρυσμένα μάτια) «Τάιρο, τι έγινε μετά από τόσα χρόνια; Πού μας πήγε το ταξίδι μας;»

Tyro: (με μια κουνημένη ουρά) «Ταξιδέψαμε σε μέρη μακρινά, συναντήσαμε αμέτρητους ανθρώπους και μοιραστήκαμε περιπέτειες μαζί. Βοήθησες τόσους, Μπάμπη».

Καθώς ο Tyro εξιστορούσε τις περιπέτειές τους, ο Bubba άκουγε με μια αίσθηση εκπλήρωσης. Είχε περάσει τα χρόνια του κάνοντας τη διαφορά στις ζωές των άλλων, όπως τον είχαν διδάξει οι γονείς του στα βάθη του μυαλού του.

Bubba: (ευγνώμων) "Tyro, ήταν ένα αξιόλογο ταξίδι, έτσι δεν είναι;"

Tyro: (με σοφό βλέμμα) «Έχει, Μπάμπα. Και τώρα, έχετε ξεκλειδώσει ένα νέο κεφάλαιο κατανόησης. Ο ναός σου αποκάλυψε τα μυστικά του». Ο Μπάμπα ένιωσε μια βαθιά αίσθηση ευγνωμοσύνης για τις εμπειρίες που είχε μοιραστεί με τον Τάιρο, για τη σοφία που του είχε δώσει ο ναός και για τη διαρκή αγάπη των γονιών του. Καθώς κάθονταν μαζί στον μυστηριώδη ναό, το ταξίδι του Μπούμπα στη ζωή συνεχίστηκε, γεμάτο με νέες δυνατότητες και νέα κατανόηση.

Για λόγους σαφήνειας, ας ανακεφαλαιώσουμε τη σειρά των γεγονότων που οδήγησαν σε αυτό το σημείο:

Ο Μπούμπα, στενός φίλος του γιου του Δρ. Κλέτους, Τάιρο, είχε υποβληθεί σε επιτυχημένη εγχείρηση καρδιάς με την ειδική φροντίδα του Δρ Γκρέισον και του Δρ Γουέλς. Ο Δρ Κλέτους είχε μπει στο μυαλό του Μπούμπα για να του παράσχει την ψυχική δύναμη που χρειαζόταν για να αντέξει τη χειρουργική επέμβαση, παρόλο που δεν ήταν ο πατέρας του Μπούμπα. Η φιλία και η αφοσίωσή του στον Μπούμπα ήταν εξίσου ακλόνητη.

Καθώς η χειρουργική επέμβαση ολοκληρώθηκε με επιτυχία, η Bubba βγήκε από αυτήν σε σταθερή κατάσταση. Ο Tyro, ανακουφισμένος υπερβολικά, ήταν εκεί για να υποδεχτεί τον φίλο του πίσω στον κόσμο με μια εγκάρδια αγκαλιά. Η χαρά της επανένωσής τους ήταν έκδηλη και η Μπούμπα βρισκόταν τώρα στο δρόμο της ανάκαμψης. Εν τω μεταξύ, ο Δρ Κλέτους, ο οποίος είχε βοηθήσει τον Μπούμπα από μέσα του, επέστρεψε στη βάση του μετά την επιτυχία της επέμβασης. Είχε επιδείξει την απίστευτη δύναμη της αγάπης, της αφοσίωσης και του ανθρώπινου πνεύματος μπροστά στις αντιξοότητες.

Όσο για τον Δόκτορα Σκορτς, τον κακό που είχε απειλήσει, ο Δρ Κλέτους είχε καταφέρει ένα αποφασιστικό πλήγμα. Κατέστρεψε ολόκληρο το σύστημα του Dr. Scorch και, σε μια δραματική αντιπαράθεση, νίκησε τους κακόβουλους εξωγήινους που είχαν συμμαχήσει με τον Scorch. Σε μια εκπληκτική ανατροπή, ο εξωγήινος κακός Scorch, αναγνωρίζοντας το λάθος του τρόπου του, ένωσε τις δυνάμεις του με τον Dr. Cletus, ένα σημάδι λύτρωσης και ελπίδας για το μέλλον.

Με τον Μπούμπα να σώθηκε και την απειλή του Δρ. Σκορτς να εξαλειφθεί, ο Δρ Κλέτους στάθηκε ως σύμβολο της αγάπης, της αποφασιστικότητας και της διαρκούς δύναμης του ανθρώπινου πνεύματος. Η ιστορία είχε κάνει τον κύκλο της και οι χαρακτήρες είχαν βρει τις λύσεις τους μπροστά στις αντιξοότητες.

ΣΥΜΠΕΡΑΣΜΑ

Μπροστά στις αντιξοότητες, η δύναμη του ανθρώπινου πνεύματος, οι δεσμοί της αγάπης και η δύναμη της λύτρωσης λάμπουν έντονα. Ο Bubba, ένας φίλος που είχε ανάγκη, βρέθηκε σε μια επικίνδυνη κατάσταση, αλλά η ακλόνητη υποστήριξη των γύρω του, ειδικά του Δρ Κλέτους, έκανε τη διαφορά.

Μέσω των αλληλένδετων προσπαθειών της αγάπης ενός πατέρα, των εξειδικευμένων γιατρών και της επιμονής ενός πιστού φίλου, η ζωή του Μπούμπα σώθηκε. Ο μυστηριώδης ναός, η θεραπευτική δύναμη των σκέψεων και η ενότητα του ανθρώπινου και του εξωγήινου κόσμου πρόσθεσαν μια νότα του ασυνήθιστου σε αυτό το απίστευτο ταξίδι.

Στο τέλος, αυτή η ιστορία είναι μια απόδειξη της αδάμαστης φύσης του ανθρώπινου πνεύματος, της ικανότητας να δίνεις και να υποστηρίζεις τους άλλους σε στιγμές ανάγκης και τη δυνατότητα για λύτρωση και μεταμόρφωση ακόμα και στα πιο απροσδόκητα μέρη. Λειτουργεί ως υπενθύμιση ότι, ανεξάρτητα από τις προκλήσεις που αντιμετωπίζετε, η αγάπη, η αφοσίωση και η δύναμη του χαρακτήρα μπορούν να οδηγήσουν σε μια θριαμβευτική επίλυση.

ΣΧΕΤΙΚΑ ΜΕ ΤΟΝ ΣΥΓΓΡΑΦΕΑ

Στην καριέρα του ως **Μηχανικός Αυτοκινήτων, Πρώην Προϊστάμενος του Τμήματος**, της Σχολής Μηχανικών Αυτοκινήτων (Πολυτεχνείο) και **της Σχολής Επιστήμης Υπολογιστών** (Γυμνάσιο), ο Maheshwara Shastri έχει συνεισφέρει τις δεξιότητές του σε πολλές ιδιωτικές εταιρείες, κολέγια και σχολεία στην Ινδία. Προερχόμενος από μια απλή οικογενειακή δομή, μοιράστηκε το ταξίδι της ζωής του με τη μητέρα, τη σύζυγο και τις δύο αδερφές του, έχοντας χάσει τον πατέρα του σε νεαρή ηλικία.

Ωστόσο, κάτω από την επιφάνεια της επαγγελματικής του ζωής, ο Maheshwara Shastri κρύβει ένα βαθύ πάθος για την αφήγηση. Πάντα φιλοδοξούσε να γίνει συγγραφέας, γράφοντας αρχικά διηγήματα που έφεραν βαθιά ηθικά διδάγματα για τη ζωή. Η δημιουργικότητά του δεν έχει όρια και συχνά βυθίζεται στα βασίλεια της φαντασίας του, όπου ονειρεύεται, ταξιδεύει και μεταφράζει τα ζωηρά τοπία του μυαλού του στις σελίδες των βιβλίων του. Αυτό που ξεκίνησε ως απλό χόμπι έχει πλέον ανθίσει σε ένα πλήρες επάγγελμα.

Ως ονειροπόλος και οραματιστής, ο Maheshwara Shastri πιστεύει ακράδαντα ότι τα όνειρα, όταν επιδιώκονται ακατάπαυστα, μπορούν να υλοποιηθούν. Μεταξύ των φιλοδοξιών του είναι να δημιουργήσει τις δικές του ταινίες κινουμένων σχεδίων και οραματίζεται να ιδρύσει το δικό του στούντιο ταινιών κινουμένων σχεδίων.

Επί του παρόντος, ο Maheshwara Shastri βρίσκεται στη διαδικασία δημιουργίας δύο συναρπαστικών βιβλίων. Το ένα έχει τίτλο **«Το να είσαι ειλικρινής θα σου κοστίσει τα πάντα»** εμβαθύνοντας στις σκληρές πραγματικότητες που συχνά αποκαλύπτει η ειλικρίνεια. Το δεύτερο είναι **το «Peace Piece»** που διερευνά τις βαθιές συνέπειες της συνείδησης.

Η γραφή του Maheshwara Shastri συχνά περιστρέφεται γύρω από το θέμα της αυτοπεποίθησης και τις αναξιοποίητες δυνατότητες που βρίσκεται μέσα στον καθένα μας. Τονίζει ότι οι μοναδικές μας ικανότητες είναι ένας θησαυρός που δεν μπορεί να μας αφαιρεθεί. Αναγνωρίζοντας και καλλιεργώντας αυτά τα ταλέντα, μπορούμε να κατακτήσουμε την τέχνη της ζωής.

Εκτός από τα τρέχοντα έργα του, ο Maheshwara Shastri έχει συγγράψει πολλά άλλα βιβλία, μεταξύ των οποίων

ΑΓΓΛΙΚΑ ΒΙΒΛΙΑ

- «Μαύρες κουκκίδες»
- "Shores of Wonder"
- "Out of Arena: The Mysterious Land of Life"
- «Στροφές και ανατροπές στα όνειρα του Θεού»
- 'Γεύμα - Ο Διευθυντής'
- "Ακρίβεια της προκαταρκτικής απόφασης"

ΒΙΒΛΙΑ ΚΑΝΑΔΑ

- "Saavinaache Payana"
- «Naa Obba Writtarru – Baa Guru Pustaka Odu»
- "Kanakaambari Kathe"

Το σύνολο των έργων του αντικατοπτρίζει το πάθος του για την αφήγηση και τη δέσμευσή του να εμπνέει άλλους μέσω των λογοτεχνικών του δημιουργιών.

ΔΗΛΩΣΗ ΜΥΘΙΣΜΑΤΙΚΟΥ ΠΕΡΙΕΧΟΜΕΝΟΥ

Αυτό το βιβλίο, οι χαρακτήρες του και τα γεγονότα που απεικονίζονται στις σελίδες του είναι αποκλειστικά προϊόντα της φαντασίας του συγγραφέα και προορίζονται για ψυχαγωγικούς σκοπούς. Οποιεσδήποτε ομοιότητες με άτομα, καταστάσεις ή γεγονότα της πραγματικής ζωής είναι καθαρά συμπτωματική. Ο συγγραφέας επιθυμεί να τονίσει ότι αυτό το έργο είναι ένα έργο μυθοπλασίας και ότι οποιαδήποτε ομοιότητα με πραγματικά πρόσωπα, ζωντανά ή νεκρά, ή γεγονότα της πραγματικής ζωής είναι ακούσια.

Τα ονόματα, οι χαρακτήρες και τα περιστατικά σε αυτό το βιβλίο είναι αποτέλεσμα της δημιουργικότητας του συγγραφέα και δεν πρέπει να ερμηνεύονται ως πραγματικά περιστατικά. Οποιεσδήποτε αναφορές σε τοποθεσίες, οργανισμούς ή ιστορικά γεγονότα χρησιμοποιούνται πλασματικά και δεν έχουν σκοπό να αναπαραστήσουν την πραγματικότητα.

Ο συγγραφέας αναγνωρίζει ότι ο πραγματικός κόσμος είναι τεράστιος και ποικιλόμορφος, και ενώ η έμπνευση μπορεί να αντληθεί από αυτόν, αυτό το βιβλίο είναι ένα έργο τέχνης και αφήγησης. Οι αναγνώστες θα πρέπει να προσεγγίσουν το περιεχόμενό του με την κατανόηση ότι είναι εξ ολοκλήρου φανταστικό και δεν προορίζεται να στοχαστεί ή να σχολιάσει πραγματικές καταστάσεις, άτομα ή γεγονότα.

υπογεγραμμένο,
[MAHESHWARA SHASTRI]
29.09.2023
Bengaluru, Karnataka, Ινδία

www.ingramcontent.com/pod-product-compliance
Lightning Source LLC
LaVergne TN
LVHW041710070526
838199LV00045B/1288